U0083891

古典詩歌研究彙刊

第十三輯

龔鵬程 主編

第 10 冊

王十朋及其詩（上）

鄭 定 國 著

國家圖書館出版品預行編目資料

王十朋及其詩（上）／鄭定國 著 — 初版 — 新北市：花木蘭
文化出版社，2013〔民 102〕
目 2+134 面：17×24 公分
（古典詩歌研究彙刊 第十三輯；第 10 冊）
ISBN 978-986-322-078-7（精裝）
1.（宋）王十朋 2. 宋詩 3. 詩評
820.91　　　　　　　　　　　　　　　102000928

ISBN-978-986-322-078-7

9 789863 220787

古典詩歌研究彙刊
第十三輯 第 十 冊　　　ISBN：978-986-322-078-7

王十朋及其詩（上）

作　　者　鄭定國
主　　編　龔鵬程
總 編 輯　杜潔祥
出　　版　花木蘭文化出版社
發 行 所　花木蘭文化出版社
發 行 人　高小娟
聯絡地址　235 新北市中和區中安街七二號十三樓
　　　　　電話：02-2923-1455／傳眞：02-2923-1452
網　　址　http://www.huamulan.tw 信箱 sut81518@gmail.com
印　　刷　普羅文化出版廣告事業
初　　版　2013 年 3 月
定　　價　第十三輯 20 冊（精裝）新台幣 28,000 元

王十朋及其詩（上）

鄭定國　著

作者簡介

鄭定國，浙江省永嘉縣人，出生於舟山市定海區干纜鎮。一九四九年九月出生，淡江大學中文系畢業，文化大學中文所碩士、博士。就讀大學前任教於台東大學附屬小學，大學畢業後服務於台灣省政府人事處。碩士畢業任教於台中高級農業學校。博士畢業首先服務於台中台灣美術館副研究員，又先後任教於逢甲大學、雲林科技大學、明道大學、南華大學等校，現任南華大學文學系教授，主要研究領域，為台灣文學、宋詩學等。著作有《王十朋及其詩》、《邵雍及其詩學研究》、《周禮夏官的軍禮思想》，及台灣文學系列編輯《吳景箕詩文集》、《張立卿詩草》、《王東燁槐庭詩草》、《黃紹謨詩文集》、《雲林縣的古典詩家》、《雲林文學的古典和現代》等近百冊書籍。

提　　要

　　本書是研究宋詩極重要的參考書之一。宋詩的語言特徵極度與唐詩區隔，而南宋朝初期詩壇健將王十朋對宋詩特徵的建立有關鍵性的表現，值得注意。

　　王十朋，南宋狀元及第，在立功、立德、立言三方面俱有成就，尤以名臣的名號響澈雲霄，文名反而被德聲掩蓋。如今探討他詩歌創作技巧和文學觀念，藉以明瞭他詩歌的內涵和延伸的扭轉江西詩風的影響，過渡於明清神韻，性靈的引導，在中國文學史上宜有新的評價地位。

目 次

壹、敘論（代序）

　　宋詩之研究，已若雨後春草，冒地而出，更行更遠還生。今國內外學術機構與學者，或鳩聚整體力量，或獨自焚膏繼晷，已孳孳有年而恆兀兀有成矣。近年國內某大學首倡編輯全宋詩工作，業已進行，功成可期焉。而全國宋詩研究學會亦已肇造，宋詩研究論著類目稿將分中、日、韓、歐美四部輯錄，其有開創之功者昭昭可鑑，宋詩圃園錦簇花團之遠景即將現之目前也。

　　雖然，宋詩之光彩久被唐詩所掩，唐詩又早種人心，是以宋詩之成就尚未能與唐詩相頡頏，前人蒐輯宋人集者，若宋百家詩存、宋十五家詩、宋詩鈔、南宋名賢小集……，諸書均未能含蓋全宋詩家，因此眾多詩家猶有闇而不彰者。回顧文學之軌跡，宋代國力積弱，戰事擾擾，因之宋詩集亡佚恆不免。明人學問遠不如古，往往詆毀宋詩，至使宋人詩集亡佚之數尤夥。有清一代詩之主宋主唐反覆迭起，宋詩遂有大放光明之機。今人當肯定一代有一代之詩，唐宋詩之爭可以休矣。倘能若此，宋詩之研究定如寒梅半樹衝雪破，琉璃耀文壇，庶幾學者於宋詩之殷勤容有摘實薦新之時哉！

　　古詩自詩經楚辭而後沿革開展軌轍顯然，迄今日之白話詩猶上汲傳統詩之滋潤茁壯，吾人擇宋詩而研究，尚冀裨益闡揚今之文學領域，灌溉肥沃今之白話詩園，期美化文壇欣欣綠容焉。今作王十朋詩

之研究，乃敬其人而愛其詩也；王十朋生於北宋，長於南宋，約早陸游、楊萬里、范成大、尤袤十數年，論詩品王氏足以抗衡陸楊范氏而超越尤氏多矣。尤之落梅詩（清溪西畔小橋東）氣象格局方之王氏梅詩作品似有閨秀雄峻之判，《梁谿遺稿》質量俱寡實大愧南宋四家名聲，今之編文學史者，必以王陸楊范爲南宋四大家可也。或云陸楊范詩不出江西，自姜夔、嚴羽始有反動意，此又錯謬者矣。以時而言，十朋是南宋初詩界第一大作手；以文學演進言，十朋又是江西詩反動之發難者也，浙東詩派及永嘉四靈焉能不受影響，明清於江西詩之批判亦難出十朋文學之觀點焉。本編之作，若能令王十朋於文學史宋詩部分中成一翹楚，斯十朋之幸，而固吾之願也。爰將本編所論，約述如次：

王十朋及其詩之外緣研究

此部分總有四章。第一章王十朋之時代背景與家世。自王十朋所處之時代背景論起，於其家世、交游多所考察，且以梅溪集爲主，於十朋早期晚期交游之脈絡一一梳爬，足令十朋人格、詩風所受雨露培壅洞然無遺焉。第二章王梅溪詩文集版本考。茲將今所見附載梅溪詩文集詩集之傳世本彙合研究，既區分其源流，又圖繪其版本系統（因撰寫此部分時，尚不便前往大陸，北京所藏資料尚未攬列考察，然梅溪文集宋本早佚，資料恐仍無過於所列者）。第三章王十朋年譜。十朋傳世年譜，僅清朝徐炯文一種，約二千餘字，今藏之日本國東京大學東洋文化研究所。東京大學文學部教授二宮敬先生嘗提供此項資料，僅此致謝。吾已將年譜擴充至八、九萬字之專篇，涵蓋王十朋所有詩作之繫年，至於其他文學作品，容易考訂者已繫年，餘俟他日作深入分析。第四章王十朋之文學背景及文學觀念分三小節敘述，其一宋朝文學理論之概況；其二王十朋文學創作背景，含爲人個性、文學淵源、創作意識云；其三王十朋文學觀念，此點係研究王十朋文學理論之根基。以上乃研究王十朋詩之外緣部分。

王十朋及其詩之內容研究

　　王詩之內容研究著眼於其詩語言之特徵、塑造意象之技巧，而詩之音樂性及相關意象皆在研究之列。王詩之總體《詩論》則單列境界一章，以闡揚王十朋詩之文心詩魂。今簡述王詩內容研究之大綱。第一章王十朋詩之語言特徵。文有四小節，含語法動人、色彩鮮明、詞意曲折、用典自然等。第二章王十朋詩塑造意象之技巧；是十朋詩在意象塑造上之成就分析，文分五節，含心理意象、鋪陳意象、含蓄意象、詠物詩、詩史詩之意象及詩中意象之立體感。以上於詩之《美學》，容或有啟示性焉。第三章王十朋詩之音樂性；宋詩不同於唐詩，其平仄、用韻、句法及節奏定有殊異者也，今亦單章討論之。第四章王十朋詩褒貶人物所顯示之思想。詩中褒貶人物可顯示作者之思想所在，頗值得研究，故專列一章。第五章王十朋詩之境界，分含蓄性、創意性、聯想性、悟性、自然性五類。十朋詩之境界實不止此五類，本文僅就其所著重者而言也，至於十朋之詩品、氣象皆於焉細表，是研究十朋詩之整體總結。噫！堂前喬木幾經春，家夢年年到不到？此十朋一生之寫照。王十朋終身掙扎於儒、佛、道之邊緣，因其愛國愛民，故忘家忘身，詩品與人品同屬高絕。另有附錄三項，其中附錄一係梅溪前後集人名索引，所費心力亦巨，期盼能有利於後之研究南宋詩者；今因篇幅過巨，併同附錄二梅溪先生著作研究知見目錄及附錄三紹興二十七年進士及第同年小錄皆刪除之，學者有心或可從博士論文中查得全豹。

　　本編王十朋及其詩之研究論文，自外緣而內容，由家世、背景、交遊而詩語、意象、音樂節奏與詩魂之境界，層次、架構明朗，然猶有所惶恐汗顏者，懼文字表達功力未臻圓滿，苦心經營毅力不繼耳。倘有疏失，敬析　大雅君子不吝賜正。

　　本編之作，歷年有三，前二年進度甚緩，銳進於今年。七十七年，家母去逝，進度加速，敦促之功，冥冥在天，今茲編已成，吾　母可以九泉含笑矣。王十朋大魁天下後，嘗語「重念此生難報處」（後集

二集途中次韻寶印叔），其難處吾今知之矣。另外尚有難報者師恩也，本篇論文栽成之恩，仰賴本師　黃永武先生，因恩師時時關懷進度，指正研究方向，教誨之恩，豈敢言忘，其餘凡有教於我之師友，謹此並同致謝。張之洞書目答問最後頁有「勸刻書說」，於不惜重費之刻書人甚嘉許推重，以爲「積善之雅談也」。花木蘭文化出版社執事先生慨能鼓勵後學出書，萬分感謝，謹此致敬。

中華民國一〇一年九月　南華大學鄭定國　謹記

貳、王十朋及其詩之外緣研究

第一章　王十朋之時代背景與家世

第一節　王十朋所處之時代背景

　　王十朋生於北宋徽宗政和二年（西元 1112 年），卒於南宋孝宗乾道七年（西元 1171 年）。時歷徽宗、欽宗、高宗、孝宗四期，適值北宋南宋交替而南宋初建之時期。方徽欽帝蒙塵，震動宋室，宋遺民舉趙構繼統於江南，新宋室之建立，理應為氣象萬千。然「中興以後的君主，全都庸弱，權相把持，層出不斷，官僚腐化，苛捐重稅，雖然議論不少，終乏長策。〔註1〕」，職此之故十朋縱然吞吐忠膽，亦未能完全施其才略，此乃中央政策（君權、相權）搖擺不定有以致之。

　　北宋建國，首樹「重文輕武」與「強幹弱枝」兩大國策。至南宋高宗內則收掌四大鎮兵權，外則乞和，專任秦檜，殺岳飛，竄張浚、趙鼎，罷黜異論，皆君權獨斷之彰顯。而後君權移轉，授與權相，則權相代理之權力益形擴張，是士大夫不得施展才抱之主因也。

　　南宋地理形勢以濱海立國之故，向南不易圖進，西南略有拓展，北則聯繫高麗，東則濱海，因囿於地形，是故僅以江浙一帶為其重心，

〔註1〕《宋史》研究集之「代序——略論南宋的重要性」（代序是劉子健撰）。

經濟、文化雖能結合繁榮，然金敵在眼前。經濟之成長，雖形成貧富不均，亦使農村佃農之重要性提昇。南宋初定，政治腐敗，飢民爲盜，類似水滸傳官逼民變之事猶有發生，且軍紀不振，多有兵變，恆爲南宋政經穩定之隱憂。

南宋初期沿襲尚文輕武政策，然戰爭不斷，又壞接金人，遂使隱避內陸之四川地區兵強產富，形成政府於四川之軍政、財政、選舉並有特殊便宜措施，故四川宣撫使權力大，得方便從事，四川總領有統轄財政權，川陝人士可預「類省試」而賜進士出身，又可赴行在參加殿試，是以「強幹弱枝」之政策已有瑕疵。〔註2〕此時均以名臣駐四川，而吳璘自紹興至乾道守蜀二十餘年，時王十朋曾帥夔。後南宋滅於蒙古，四川先亡失，其地政經狀況與南宋國運息息相關。

王夫之宋論（卷十）言及高宗之畏女眞甚矣，究其因乃臨江踞坐無險可守，故高宗政策飄搖不定而乏壯志，乃有和議之起。自「張浚宣撫川陝而奉便宜之詔始，宋乃西望而猶有可倚之形」，又「張韓岳劉諸將競起，以盪平群盜，收爲部曲，宋乃於是有兵」，則和議遂寢。而後高宗猜疑，爲保皇位而又思議和，岳飛冤死，韓世忠罷去，如此反覆，又焉可期待忠貞之士濟志有爲於天下。宋高宗時代，與金國之外交約可分爲三大時期。即位初期向金稱臣，乃徽欽被擄，生死未卜之故也。此期先後遣使赴金國通問，金人留使不應。高宗屈膝稱臣，此第一期也。建炎四年以後，高宗知爲金所不容，揮軍北戰，故對金態度轉趨強硬，此第二期也。建炎五年徽宗崩，七年金人廢劉豫，王倫歸返，言金人請還帝后梓宮且釋回高宗生母韋氏，故高宗又主和議。然欽宗之歸，高宗猶豫不悅，和與不和皆無比困擾，遂爲秦檜窺其私衷而竊國柄十八年。〔註3〕時主和者固是高宗與秦檜，而主戰者則武臣與談義理之士大夫（如王庶、胡銓……），

〔註 2〕南《宋史》事質疑頁 178，林天蔚著，台灣商務印書館七六年初版印行。
〔註 3〕宋代史事疑頁 151～160。

介乎其間者有趙鼎。〔註4〕有宋國勢積弱，究其衰亡之故乃因議和
而失圖強之契機焉耳，此第三期也。

南宋初年局勢多震盪，紹興以降則漸趨安定。吾前所云政策猶
豫不定及軍事積弱不振，乃反映宋朝國家財政運作之不當及政治之
軟弱不振，〔註5〕然有宋一代之經濟發展卻是相當蓬勃，且較南宋
殊顯富足。故葉水心云：「嘗試以祖宗之盛時所入之財，比于漢唐
之盛時一再倍。」〔註6〕梅溪集中見人民稅捐激增，漕運頻仍，驛
傳便捷，且賑災與造橋公共事業常有，均足明經濟活動之繁榮。經
濟活動實與南宋政權連續綿延一百五十年有極密切關連。學者朱瑞
熙氏指出宋代社會土地所有權變動驟多，土地逐步轉向私田化，更
加速經濟變動。〔註7〕其餘社會現象如太學三舍考選制與朝廷三級
科舉制並行，且私人書院相繼興起，於南宋時，此與理學傳播互為
因果。〔註8〕是以宋代教育普及，學生形成獨特社會力量，逐漸活
躍於政壇，又如五代亂後，宋朝門閥趨衰，雖云歐陽修、蘇洵嘗新
編族譜，然一般家族乃實行小宗之法，歷代祖先僅及四、五代，即
使本族中新建立地位之官員，重建家族組織〔註9〕，多不重郡望門
閥之習，實戰亂劫後不得已之故，是也。

高宗朝，於內政方面，加強控制社團活動，為恐阻礙政府政令推
行，而有形成地方勢力之虞。高宗為防夷夏之別，貶斥王安石之「新
學」，且欲將北宋之亡委過於融合儒釋之安石。值此際伊洛二程之學
亦盛，且黨同師友，因此高宗於結社互通聲氣之舉深具戒心，無論儒、
釋、道均予以防範，此舉影響學術演進與人才薦用大有干係。紹興以
後，安石新學與伊洛之學並行，然安石新學漸已沒落矣。〔註10〕政治

〔註4〕右書頁170。
〔註5〕《宋遼關係史研究》頁214。
〔註6〕葉適集，水心別集卷十一，外稿，財總論二。
〔註7〕《宋代社會研究》頁67～69。
〔註8〕右書第六章宋代教育制度，頁97～110。
〔註9〕右書第七章宋代的家族組織，頁111～128。
〔註10〕宋代儒釋調和論及排佛論之演進第四章，頁96～117。

與學術，相互影響，由此知之。宋人敢於疑古，於詩經而言黃氏忠憤以爲宋人新解倍出，毛鄭說法幾全崩潰，詩經價值始漸出眞義，此或可爲宋人論詩之參佐，今若計較於梅溪集之反動江西詩派、西崑詩派當可管窺十朋文學之觀點。

十朋雖生於徽宗朝，遭靖康之變，第年尙淺，無可作爲，僅存離亂記憶耳。高宗朝，值十朋壯年期，英姿奮發，卻履試不第，因心志未折，紹興末年卒一振鵬翼，高中狀元。及第後，爲政深得人心，終成名臣。孝宗朝，十朋漸老，孝宗初年十朋猶能有爲，乾道六、七年已頻頻乞致仕矣。喻良能《香山集》「留別王狀元二十四韻」詩云：

> 天才文章伯，忠純社稷臣。七州鍾秀異，孤嶼賦精神。
> 德蘊圭璋潤，胸涵海嶽春。麟經頻得雋，槐市早稱珍。
> 宿弊時方革，皇綱上正親。大廷清問降，空臆讜言陳。
> 力補嚴宸衰，深攖睿主鱗。一元追董相，多詐恥平津。
> 文擅無雙價，臚傳第一人。聲華飛宇宙，風采聳簪紳。
> 貴紙寧堪數，回天僅足倫。施行均令甲，獎諭見絲綸。
> 未覆金甌墨，聊爲綠水賓。愛民如赤子，束吏似生薪。
> 鑑水書題遍，稽山賦詠頻。卻梅清節著，誣狗滯冤伸。
> ……

此殆可爲十朋生處南宋初年之一生作若干詮釋者矣。

第二節　王十朋家世

一、先世與里居

宋人之習貴言閭里，而少立譜牒，鮮及祖系，故家世之淵源僅達於三、五世耳，且語焉不詳。此等現象之發生，究其遠因乃唐末及五代十國長期戰爭有以致之。而其近因即門閥士族解散，取士不問家世，富貴出身貧賤，故而皆不願追溯先祖，且因家闕譜牒亦難以追溯世次。〔註11〕

〔註11〕朱瑞熙《宋代社會研究》第七章頁111。

　　《宋史》云：「王十朋字龜齡，溫州樂清人。……聚徒梅溪，受業者以百數。入太學，主司異其文。」是知十朋浙江樂清縣人。汪應辰龍圖閣學士王公墓誌銘、宋十五家詩選、《全宋詞》王十朋條、南宋文範及梅溪集十朋自述皆云「徙於溫州樂清之左原」，則諸書與十朋自述了無牴觸，是樂清人也，或曰溫州人者，括而言之耳。

　　考十朋之先世，依十朋所言可溯及二百年前，〔註12〕先世舊居杭州，五代末避地擇所自杭之錢塘徙于溫州樂清。〔註13〕十朋所云之先世，乃王十朋之幾世祖？左原詩序云「七世祖」。十朋述及先世有多條，文字類似，僅此一條較詳細。

　　十朋先世既家於樂清左原，迄十朋時殆有二十房，此亦大略之辭，十朋並不確知。十朋稔知之先人，乃自徽宗大觀始也。十朋之前三世為曾祖信、祖格、父輔，父輔以十朋之故贈左朝散郎，母萬氏贈碩人。十朋之先人，至其父始業儒，〔註14〕十朋於紹興二十七年中狀元，時二親皆不及見矣。〔註15〕

　　左原在樂清之東三十有五里，群山環繞，以其居邑之左，故名。左原地雖偏僻而有山水之美，中有左嶺左湖左口，皆以左名之。十朋於左原詩詳記周匝環境。詩總有三十二首，要點如後：

　　　甲、左原四周之山，大者有四，曰東高山、西高山、南高山、北
　　　　　高山。另一山橫向，曰龜山，一山在原之水口，形如臥虎曰
　　　　　臥虎山。
　　　乙、左原有二溪，其實一溪也。王十朋家左原之北，北高山之南
　　　　　有梅溪，梅溪東流，合左原數水謂之楊溪，楊溪即梅溪之下
　　　　　游也。

〔註12〕上海商務四部叢刊初編。梅溪前集卷十八寒食祭始祖文，頁194。後
　　　　引梅溪集皆用此本，且參校以他本。
〔註13〕同註12及前集卷十七「大井記」，又後集卷六「左原詩」之序。
〔註14〕汪應辰王公墓誌銘，《文定集》卷二十三頁1，梅溪集亦附本文。
〔註15〕《宋人軼事彙編》卷十六，頁818，台灣商務印書館。

丙、左原之西及西北多山石，曰戲綵岩、杜鵑岩、棋盤岩、撒水岩、松羅岩、障岩、人面岩、天柱岩、蹼碩岩、共九岩。名謂之岩者，乃山之壁立而硬者，或有平面可供憩息，或以景色秀絕可觀賞，不一而足。西北山腰有瀑布名之北瀑布。

丁、左原之東有東高山；山之峰曰宋家尖，山有如在亭，十朋祖父母葬於此。另有左湖。

戊、左原之南有南高山，山有左嶺、小雁蕩、南瀑布、嘶水澗、賈公庵。山之鄰有白岩庵乃十朋之祖父捨山歸贈明慶寺院而立，十朋高祖母、曾祖父母、父母皆葬於庵之附近，蓋祖塋也。

己、左原之西南有山名三井，山下有雁潭。

十朋家於左原之梅溪上（在玉簫峰下），宅有弊廬，先人所居，有四友室藏書數百卷（為官後達千卷；自蜀歸後，藏書已達萬卷）。梅溪宅又有書閣一室，地僅容膝，未知張魏公所書之不欺室可指此？閣之有隙地，理成小園，名小小園，時可漫步其間；園徑幽幽，徑旁有脩竹、牡丹、芍藥、早梅、桂花、菊花之屬，十朋云梅溪草堂有十八香是也。王宅東南有大井，又名孝感。徽宗宣和三年金人入寇，井無損。十朋先祖於宣和四年秋染恙，思藥食鯽魚，時天地暑熱而不可致，幸於大井中得之。井素無魚，蓋感天地故也。井之兩旁，十朋父曾植雙桂，後枝陰茂盛，香聞遠近。王氏家之西北原，有二頃田，十朋兄弟三人耕讀之資產者也。總之十朋先世業農，其父始業儒，王氏非士族。十朋之里居溫州樂清縣左原，風景秀美，山水多樣，極富登遊之樂。

　　（附左原形勢示意圖說，概說左原事也，或許並不精確，欲以圖顯耳）

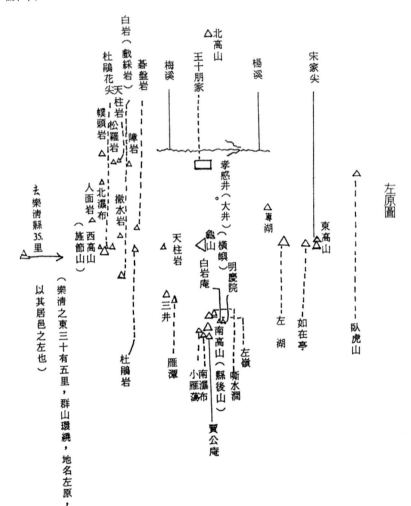

二、家　族

甲、祖父名格，業農。祖母賈氏。父名輔，字安民，安民有兄弟姊妹六人，業儒。母夫人萬氏。

　　十朋之父王輔公有兄弟姊妹六人，殘月孤星，僅存者三。十朋之大姑年高幾八十，子女男女俱全，目見重孫，可謂福壽兼之。十朋雙親逝後，視姑如至親。〔註16〕十朋猶有一姑母，壯年而死，十朋自稚髮常出入姑丈季公佐之門，季氏誨撫十朋，一如姑母尚存時，後季氏年六十四卒，十朋作「祭姑丈季公佐」文哀之。〔註17〕

　　紹興元年重九，十朋弱冠，侍父並與好友孫嶠兄弟同登高於家之東山，時菊花未開，諸人因而遺憾。〔註18〕十朋父親賢而好學，平居好賓客。紹興十二年，十朋父謝世，十朋居喪盡禮。〔註19〕十朋葬父於白岩庵如在亭側。亭名如在，乃先前其父思念先人立亭而記之詩曰：「入堂無復見雙親，建此來寧似在神。」後十朋遂名之「如在」。

　　十朋父謝世五十日，十朋入四友室賭先人遺跡，哀號痛哭，絕而復蘇，時其父「榻冷寧欹枕，堂虛已蓋棺。」。〔註20〕十朋父留有弊廬數房，十朋俯仰其間，嘗自述起居，怡然自喜，十朋云：「晨起，焚香、讀書於其間。興至，賦詩；客來、飲酒、啜茶、或奕棋為戲。藏書數百卷，手自暴之。有小園，時策杖以游；時過秋旱，驅家僮浚井，汲水澆花。良天佳月，與兄弟鄰里把酒盃同賞。過重九，方見菊以泛觴，有足樂者。」〔註21〕此段文字雅麗脫俗，乃絕佳之小品文也。

〔註16〕梅溪後集卷二十八「祭大姑文」，頁478。
〔註17〕梅溪前集卷十八「祭姑丈季公佐」，頁192。
〔註18〕梅溪前集卷一「辛亥九日侍家君……」，頁73。
〔註19〕光緒貳年徐炯文重刊大字本宋王忠文公集之「梅溪王忠文公年譜」。
〔註20〕梅溪前集卷三「先君去世五十日……以寄罔極之思」，頁85。
〔註21〕梅溪後集卷七掃室等小詩十五首之序，頁305。

　　十朋母萬氏，能知書史，每以古今篇詠口授兒輩，且篤于教子，愛而能嚴，事舅姑以孝聞，卒於紹興十九年，年六十七，〔註22〕遺有三子，即十朋、壽朋、百朋；另有三女，長女適孫彥詔，次女適萬世忠，幼女許嫁支鴻，次年冬十一月十朋母卜葬於祖塋東山之白岩庵後山。由此知十朋雙親均葬於祖塋白岩庵附近。

乙、叔父二人，其一出家稱寶印師。

　　十朋之叔有二，一曰王宗要，出家後謂之寶印，其二不知名號。十朋「夢二叔」詩云：「二叔年皆八十餘」，十朋「塗中得寶印叔二詩次韻」詩云：「一叔尚存俱白首」，是而知十朋有二叔父。十朋在夔州，其叔父俱已八十餘高齡，梅溪集中不見悼叔詩文則推曉十朋叔父並亡於十朋之後。

　　十朋所識僧、道弟子約四十餘，相詮者六、七位，其中以叔父寶印師往來尤密，察其所以之故，應是血親天性使然者也。

　　寶印叔，俗家姓王，法名宗要號寶印，傳天台宗。〔註23〕十朋父之親弟。〔註24〕寶印之法門師乃其舅氏，而十朋之舅公（即十朋祖母賈氏之兄，賈處嚴是也，處嚴字伯威，乃江浙間名僧嚴闍梨，享年五十四，卒於壬辰年宋徽宗政和二年，十朋出生之年，〔註25〕故鄉人傳十朋乃賈伯威之後身）。

　　溫州之雁蕩山，萬壑千岩，形狀各怪。寶印叔居潛澗之止庵，號止庵道人。〔註26〕庵中依山結有草堂名曰蘭若，居其間有感「花枝法雨潤、心地佛燈光；浮世囂塵隔，空門歲月長。」。〔註27〕寶印叔「由

〔註22〕王之望漢濱集卷十五「故萬氏夫人墓誌銘」，四庫本頁871。
〔註23〕梅溪前集卷二十「潛澗嚴闍梨塔銘」，頁209。
〔註24〕梅溪後集卷二「塗中得寶印叔二詩次韻」之二，頁268。
〔註25〕梅溪前集卷十七頁180「潛澗嚴闍梨文集序」及前集卷二十「潛澗嚴闍梨塔銘」。
〔註26〕梅溪後集卷六頁295「寶印叔得小假山以長篇模寫，進士欽逢辰和之，某次韻并簡欽」及前集卷十一頁133「止庵銘」。
〔註27〕梅溪後集卷七「次韻題寶印叔蘭若堂」，頁304。

儒入佛，進於有為，止於無物」，〔註28〕嘗住永嘉妙果院，未期年而退林下，乃淡薄名利識道頗真之高僧。〔註29〕寶印叔，喜作詩，詩句比昌黎更豪放。〔註30〕平日常在懺院種蘭、種紅蕉、種瑞香花，給道場之清供。寶印師有弟子僧德純，亦有高蹈行，又有弟子僧德芬乃嚴闍梨法孫，身著方袍十一年，參禪早悟前三旨，妙齡瀟灑脫塵籠，且筆法、詩草均能工，亦高僧也，惜過早謝世。

十朋與寶印叔詩筒往返近三十首，有云：「雙親不見不勝悲……二叔尚存俱白首……」〔註31〕又云：「未須隻履西歸去，且作人間老世尊。」〔註32〕又云：「遙思蘭若堂中老，非柏非松自耐風」又云「……二叔年高兄弟遠，歸期當不待乎秋砧。」〔註33〕則寶印叔等皆長壽而高齡。梅溪集中曾見悼亡寶印弟子德芬之作，不見悼寶印者，且十朋作妙果院藏記之時，乃紹興二十八年，〔註34〕時寶印猶存，則寶印之逝竟在十朋之後云云。

丙、妻賈氏

十朋妻賈氏，生於徽宗政和四年十一月二十七日，卒於孝宗乾道四年十二月十日，享年五十五。賈氏二十五歲歸十朋，育有子女五人，男三女二，然幼子孟丙早逝。賈氏死於泉南，墓穴附姑而葬於白岩庵。〔註35〕

梅溪集中悼亡之作有五篇，益以「哭令人」一詩，實共六篇。值賈氏甫去，十朋作「挽令人」詩四篇，又有「祭令人文」及「令人壙

〔註28〕梅溪前集卷十一「止庵銘」，頁133。
〔註29〕梅溪後集卷四「叔父寶印師往永嘉妙果院未期年而退……」及前集卷四「次韻寶印叔題止庵三絕」，頁283及頁89。
〔註30〕梅溪後集卷六「寶印叔得小假山以長篇模寫……」，頁295。
〔註31〕梅溪後集卷二「塗中得寶印叔二詩次韻」，頁268。
〔註32〕梅溪後集卷二「次韻寶印叔題壁二絕」，頁268。
〔註33〕梅溪後集卷八「和寶印叔見寄」，頁313。
〔註34〕梅溪後集卷二十六「妙果院藏記」，頁453。
〔註35〕梅溪後集卷二十「挽令人」之四及後集卷二十八「祭令人文」，頁411及481。

誌」各一篇。賈氏亡後一年間，十月續作「夜聞子規痛念亡者」、「曹夢良寄柑，聞詩聞禮輩取以祭母，哭泣不已」、「令人生日哭以小詩」三篇。十朋平生亦有述及賈氏孝賢固窮之詩三篇，總計相關賈氏之作一十八篇。

　　十朋與賈氏夫妻聚隨三十歲。辛苦三十年間，每遇連歲蠶荒，妻孥有號寒之患。四十六歲前，十朋未仕，故「愈老生涯愈不諧」。〔註36〕出仕後，為官臺省，旋遭免官，是以家中景況有「……前秋遭颶風，摧折數間屋；今年丁大侵，破甑塵可掬。絕糧瘦百指，告糴走群僕。……」〔註37〕雖然十朋「我事耕耘爾力蠶」，〔註38〕仍有不足，故賈氏輒「青燈績深夜」〔註39〕分憂家計忙。如此貧寒，而夫妻猶相知相敬相愛，惜不終偕隱養老之願。〔註40〕

　　賈氏孝賢勤儉之風，鄉閭共曉。自歸十朋，入門事舅姑合禮，孝也；既照顧十朋弟妹，慨然捐奩具，以畢彼等姻嫁，義矣。賈氏行事往往有容無妒，譬如助姒育女；喜兒讓官於叔父；忍貧好施；其清白勿取，真可謂落落婦德風采。〔註41〕殊可令人景仰者，乃隨夫「頻年外遷」，〔註42〕水陸艱險同舟共命之難能可貴耶。十朋詩云：

　　……人為鍾情故生愛，夫婦相思乃常態，為君飄蕩太無根，兩臉盡是思君痕。安得相依似雙竹，長保千秋萬秋綠。〔註43〕

　　人命有盡灰之時，情意無剪斷之窮，賈氏一生不願言窮，〔註44〕而有夫鍾情若此，實未嘗窮也。

〔註36〕梅溪前集卷四「貧家連歲蠶荒，今年尤甚，妻孥有號寒之患……表弟萬大年家蠶熟酒醇……遂和以寄之。」，頁94。
〔註37〕梅溪後集卷七「家食遇歉，……妻孥相勉以固窮，因錄其語」，頁308。
〔註38〕梅溪後集卷七「荊婦夜績」頁303。
〔註39〕梅溪後集卷二十「挽令人」，頁411。
〔註40〕同第十七頁註38。
〔註41〕梅溪後集卷二十八「祭令人文」，頁481。
〔註42〕同第十八頁註41。
〔註43〕梅溪前集卷四「代婦人答」，頁93。
〔註44〕梅溪後集卷十七「悼亡」，頁385。

丁、弟二人，長名壽朋字夢齡，次名百朋字昌齡。兄弟三人甚友
愛。

1. 王壽朋，字夢齡。生於徽宗政和、宣和年間，略幼於十朋數
歲。壽朋儒冠出身，曾補太學生，〔註45〕雖然「鐵硯功名壯心在，短
檠燈火夜窗幽」，〔註46〕然未及第，後遇郊祀恩奏以兄蔭而祿。〔註47〕
十朋家兄弟三人，皆以儒爲業，然磋跎四十餘年，並無斬獲所幸賴有
先人二頃薄田，暫可溫飽。〔註48〕

仕途之路迍邅，十朋精神壓力沈重，壽朋尤感如此。故情緒常不
佳，十朋勸以「閉門靜坐養時晦」、「否往泰來固有日」。〔註49〕後十
朋出仕東州，有意辭歸，壽朋勉之，兄弟友顧之情甚是感人。〔註50〕

物質生活雖日缺乏，然十朋兄弟間平居生活，仍是喜樂無窮。兄
弟俱愛登山、蒔花、或賦詩飲酒或攜手共遊，均有足樂者。十朋有詩
曰：「……弟兄鄰里同登高，把菊行觴樂非少。山餚海錯鄉味佳，銀
瓶索酒不用賒，醉中不記脫中臥，明日頭上猶黃花。……」〔註51〕正
乃兄弟友愛之寫照。

壽朋生於十一月二十二日，十朋祝禱曰：「貌和冬嶺松俱秀，神
與梅花溪共清……弟兄此去皆華髮，無惜更相薦壽觥。」。〔註52〕十
朋晚年在夔州，嘗三上祠章，伏望皇恩浩蕩應許立返丘園，〔註53〕免
使夢中夜夜尋兄弟。〔註54〕而後十朋致仕，不久謝世，壽朋、百朋（十

〔註45〕梅溪後集卷三「送昌齡弟還鄉兼簡夢齡」之注文云：「時二弟赴補偶
　　　　遺昌齡還鄉，夢齡留赴。」，頁274。
〔註46〕梅溪後集卷三「贈夢齡兼懷昌齡」，頁276。
〔註47〕梅溪後集卷末汪應辰作「有宋龍圖閣學士王公墓誌銘」。
〔註48〕梅溪前集卷四「後七夕二夜同夢齡宿湖邊莊」，頁91。
〔註49〕梅溪前集卷九「和憶昨行示夢齡」，頁121。
〔註50〕梅溪前集卷三「夢齡九日有詩，兼懷昌齡，次韻」，頁275。
〔註51〕梅溪前集卷三「夢齡九日有詩，兼懷昌齡，次韻」。
〔註52〕梅溪後集卷二十「夢齡弟生日」，頁411。
〔註53〕梅溪後集卷十九懷夢齡昌齡弟、卷十四至日寄二弟，頁400及356。
〔註54〕梅溪後集卷八「用韻寄二弟」，頁313。

朋季弟）俱卒於其後也。

　　2. 王百朋，字昌齡，爲十朋季弟。十朋待幼弟殊爲憐愛，今見梅溪集中，提及百朋之詩有四十餘首，約爲與壽朋詩之二倍。

　　昔十朋四十六年未仕，且不治生，家有田園二頃，多賴壽朋弟與百朋弟耕作，故能專注舉業，十朋曾述此事，詩云：

　　　　原憲曾非病，陳平豈久貧。路遙駸驥困，原近鵒鵒親。

　　　　窗几坐窮夕，更籌聽報寅。田園勞爾輩，媿是素飧人。

　　〔註55〕

幸十朋堅心恆定，終展宏志。百朋於躬耕田事之外，仍帶經襲儒，亦曾千里赴王畿補太學，〔註56〕然久久不得志於賢關，未免心灰意寒。王氏家昔有東園，又名小小園，內有五桂堂爲壽朋所居，後闢西園，植有黃楊、脩竹、葡萄、梅、菊、桃、李、桂、柳之屬，〔註57〕乃百朋所居，園中有至樂齋，乃百朋晝夜諷詠處。梅溪前集卷二有詩「至樂齋讀書」，以爲十朋自作，然觀後集卷六有「次韻昌齡至樂齋讀書」，則知前首乃百朋之作，詩云：

　　　　權門跡不到，顏巷自安貧。獨與聖賢對，更於燈火親。

　　　　夜觀常及子，晝諷直從寅。莫恨成名晚，詩書不負人。

吟此詩自能體會王氏子弟之豁達心胸。

　　百朋原有家室，俄至於斷絃，再聘葉氏爲妻，時年逾三十六歲。〔註58〕百朋隆興二年四月十九日生男，請十朋命名曰遲。〔註59〕則百朋有後矣。

　　昔逢重九，十朋兄弟多登山行樂，不憚路遙。〔註60〕且三兄弟

〔註55〕梅溪前集卷二「用前韻酬昌齡弟」，頁82。

〔註56〕梅溪後集卷三「送昌齡弟還鄉兼簡夢齡」，頁274。

〔註57〕梅溪前集卷七頁108 次韻昌齡西園即事，後集卷六頁295 次韻昌齡西園十詠。

〔註58〕梅溪前集卷十六「昌齡弟送定葉氏」、「昌齡請期」，頁176。

〔註59〕梅溪後集卷七「昌齡四月十九日得男，請名於予，命之曰遲。」，頁308。

〔註60〕梅溪前集卷五「九日寄昌齡弟」，頁97。

或同游山水佳境，或居家賦詩飲酒，和樂融融。自紹興二十七年十朋遠宦他鄉，越雪吳霜，西夔東泉，已罕有兄弟天倫之聚會焉耳。後第二次郊祀推恩，十朋奏請予季弟百朋，故終十朋之在世其二子始於不得由蔭推恩及仕也。

戊、姊一人妹一人

十朋父母有子六人，姊居最長，能仁孝而鞠育同胞。雙親之窀穸，弟妹之婚姻，大姊出力最多。大姊有子女四人，子早世，女繼之，餘二女有歸。顧一子一女之去；俾使大姊淚落已盡，鬢髮成雪，率病入膏肓而逝，享年僅五十七。十朋有妹一人，因集中未詳及，不可深究也。〔註61〕

己、子三人。王聞詩字興之，王聞禮字立之，俱賢，有惠政。幼子小名孟丙，早逝。

十朋長子聞詩，字興之，小名孟甲，宋高宗紹興十一年十月十六日生，卒於慶元三人。〔註62〕聞詩初生之際，家中燈花達旦燃燒，因為長子，故為門第倍增添喜慶。聞詩年過十二，十朋勉其「行臨志學年，勉修愚魯質，詩禮稱家傳。」〔註63〕聞詩自幼與大姑之女孫氏文定，且二人庚甲相同，是故聞詩之婚乃姪甥聯姻。〔註64〕婚後，頗相得，於乾道元年十二月十九日生男（時聞詩二十五歲），名爕，是十朋長孫。爕，後以宣教郎知某縣，另一子虯及一女皆早卒。爕之子亦曾任某官。

聞禮，字立之，小名孟乙，十朋次子也。二月二日生，卒於開禧

〔註61〕梅溪後集卷二十八頁478祭大姊文及卷十一頁332「亡姊之葬在九月而不得其日……」，又卷二十八頁481「祭令人文」見十朋有妹一人。

〔註62〕葉適《水心文集》卷十六頁19「提刑檢詳王公墓誌銘」，梅溪後集卷三「聞詩生日」，頁276。

〔註63〕梅溪前集卷六「孟甲生日」，頁104。

〔註64〕梅溪前集卷十六聞詩定孫氏、後集卷二十八又代聞詩，頁176及478。

二年六月，距其兄聞詩之去有十年。〔註65〕然兩人志趣相近，嗜好相同，俱登太學，論其年歲相差當不及十歲。〔註66〕當其二人好蓄古錢時，十朋訓曾以「更宜移此力，典墳讀三五，縱未到聖賢，定可過乃父。」可見十朋寄望之殷切。且十朋「和符讀書城南示孟甲孟乙（即和韓愈詩，用以教子），詩曰：

> 性無有不善……學所以脩性……習善裕乃身，習惡喪厥初……性情乃良田，學問爲耘鋤……在我能自脩，不患無聲譽……青春最堪惜，勉矣無躊躇。〔註67〕

十朋督教頗嚴，二子賢正，俱克繼家聲。二子皆爲國子學生，後聞詩知光州，提點江東刑獄。能「正學盡言，未嘗相時容悅，矢義勇發，不以怵利動搖。」，而聞禮知常州，江東轉運判官，因「果敢激烈，當官與事，遇法理不順者，直前疏治，矢縱川決，莫敢嬰忤。信其志雖雷霆獨立，猶面折無諱也。」。〔註68〕

　　十朋與二子家居生活十分相得，父慈子孝，頗存古風。十朋與弟賦詩飲酒，命二子書之，居家甚樂。〔註69〕亦嘗偕弟及二子同游蘭亭雖天氣不佳，終未成行，〔註70〕然父子之親樂固可知也。觀上述之文，得十朋父子相處情況，應是父慈子孝，督雖嚴而愛不失，二子之成就，先期早已可逆料矣。

　　十朋年三十有五，生幼子孟丙，此紹興十六年（丙寅）事也。造化弄人，孟丙僅活七歲而卒，時紹興二十二年（壬申）五月二十

〔註65〕《水心文集》卷十七頁6「運使王公墓誌銘」；梅溪後集卷四「聞禮生日」，頁282。

〔註66〕梅溪前集卷六「孟甲孟乙好蓄古錢因示以詩」，頁105。

〔註67〕梅溪前集卷九，頁117。

〔註68〕《宋元學案》卷四十四「梅溪家學」世界書局版頁813。並參考水心集卷十六、十七兩篇王公墓誌銘。

〔註69〕梅溪前集卷七「予與二弟連日賦詩飲酒，詩成命二子書之，亦居家之一樂也，復用前韻。」，頁107。

〔註70〕梅溪後集卷三「十月十六日欲與夢齡弟及聞詩聞禮同游蘭亭仍約喻叔奇偕行，會天氣不佳，喻亦以疾辭，出門而止，兀坐終日，懷抱殊惡。」，頁276。

四日，斯年十朋四十一歲。孟丙上有二兄，下有二妹（一妹出於孟丙逝後）。三歲時，孟丙來壁下，觀父題詩，並言及十年後亦能詩。十朋和韓詩云：「學語二歲兒，笑味生甜酸。」謂孟丙之天眞也。六歲時，秋風飛揚，孟丙鬧索栗子，十朋嫌之，曾賦淵明詩責之。次年秋，西風舞黃葉，家僮拾栗歸，孟甲兄妹爭索之，而孟丙已故，徒使老父鬚莖盡霜，十朋禱念孟丙，期待夙緣未了，設若孟丙重來應似顧非熊長壽。孟丙四歲啓蒙，六歲能誦蒙求、孝經，且論及五言詩。時王氏教學書院，弟子近百人，孟丙大抵能道識其姓第名字，退而能品藻其優劣。因家居陋村，致病中缺妙藥良醫，不幸延誤而亡。不久孟丙之仲兄亦病危，幸虛驚一場。孟丙逝後葬外婆之側；昔在襁褓，婆甚鍾愛之故也。〔註71〕

庚、女二人。長嫁錢氏，次許賈氏。孫二人，曰阿夔、阿閭，孫女亦二人，曰國娘、晉娘。其餘姻戚眾多，處族人和諧。

　　十朋有二女。長女生於五月十二日，後嫁進士錢萬全。次女許嫁賈梓〔註72〕十朋誨女子之道，以爲宜多讀班惠姬之「女誡」，非期望於女兒才穎出眾，只祈求賢淑康壽且守禮清白即佳。〔註73〕

　　十朋有男孫二，曰阿夔、阿閭。而女孫亦二，〔註74〕其一取名國娘，示不忘國恩之意，正月二日生，於輩行中最長。〔註75〕次孫女名晉娘。十朋期望二人如班昭、孟光之德，以賢淑光振門楣。

　　王氏與賈氏、萬氏世代聯姻，故戚族眾多，若表叔、從舅、表兄弟之屬極夥，今所附十朋親屬表，都列之。

〔註71〕梅溪前集卷五「哭孟丙」六詩及前集卷五「家童拾栗，因念亡兒，作數語以寫鍾情之悲」，又前集卷十八「祭孟丙文」，頁次分別爲95、195。
〔註72〕梅溪後集卷末汪應辰王公墓誌銘。
〔註73〕梅溪後集卷四「女子生日」，後集卷十四「幼女生日」，頁次分別爲284、362。
〔註74〕梅溪後集卷二十九「令人壙誌」，頁491。
〔註75〕梅溪後集卷八「國娘生日」，頁314。

王十朋親屬表

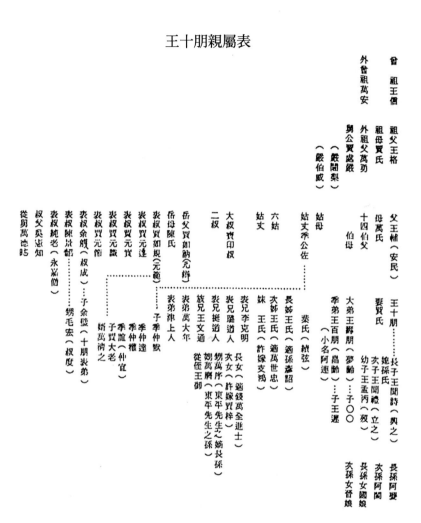

資料來源：汪應辰王公墓誌銘
　　　　　梅溪後集卷二十九令人壙誌
　　　　　梅溪前後集
　　　　　王之望漢濱集故萬氏夫人墓誌銘

三、家庭經濟狀況

　　南宋物價騰貴，反映政府政治穩定之不足。官吏若僅賴俸給生活，勢難維持家人及族人之溫飽，是以收賄賂者有之，從事商業活動

者有之，以他人名義私置財產者有之，〔註76〕然十朋之居心處事皆以清白為尚，是恥為不義者，其固窮也必矣。

十朋未仕之期四十五年，而出仕僅十五年，此亦王氏家族經濟改善困難之所在，茲分五項略述之，依序為：甲、王家有田產二頃屋一區，乙、弟耕，丙、婦織，丁、自設絳帳梅溪，戊、出仕後之窘狀。

甲、王家有田產二頃屋一區

王家於宅之西北原，有田二頃，乃先祖之世業，〔註77〕王十朋一族僅祖父、父母兄弟姊妹約九人居處一宅。〔註78〕徽宗大觀間，王家於舊宅築新門，移舊門為大井之亭，並作林護井、亭，又植雙桂樹。宣和辛丑（三年）方臘犯鄉境，王宅數千百椽俱燎於火。宣和壬寅（四年），十朋祖父得疾思食鯽魚，於井中獲之，時十朋十一歲。其後祖父過逝，十朋雙親已老，又因姊妹早嫁，是故兄弟三人賴先業而耕鋤為生。據上文知十朋家有陋屋一區，十朋居東園、百朋居西園，而壽朋在南園，後頗有添建整理。

乙、弟　耕

王父命以業儒，十朋兄弟三人皆有志於學。後十朋季弟百朋戰賢關不勝，退歸於家，躬耕以盡菽水之養，其二兄尚從事於黃卷。而百朋於耕稼之餘，仍手不廢卷。〔註79〕其後壽朋亦不得意，亦從事田園之勞。〔註80〕斯時，王家多難，因親喪在殯；窀穸未奉，舉家百指浩繁，方生事蕭然之際矣。

丙、婦　織

妻賈氏憐十朋家計繁重，又拙於謀生，常青燈績織至深夜。〔註81〕

〔註76〕《宋代文官俸給制度》頁90～96，衣川強著鄭樑生譯，台灣商務本。
〔註77〕梅溪前集卷十七「代笠亭記」，頁184。
〔註78〕梅溪後集卷二十八「祭大姊文」，頁478。
〔註79〕同第26頁註77。
〔註80〕梅溪前集卷二「用前韻酬昌齡弟」之注文，頁82。
〔註81〕梅溪後集卷七「荊婦夜績」，頁303。

若遇饑荒，則妻孥有號寒之患，〔註82〕可謂糟糠滋味飽嘗。〔註83〕賈氏歸王家三十餘年，事舅姑盡孝，友弟妹能賢，慨以奩具捐贈弟妹畢姻嫁。十朋出仕後，賈氏身為命婦，依舊績紝是專，勤儉家風遍傳閭里。十朋褒美其妻云：「婦人於財，見則垂涎；子獨不貪，橐無金鈿。……每言仕宦，清白為先，俸祿之外，勿取一錢……」〔註84〕

丁、為餬口，自設絳帳於梅溪

十朋家素孤寒，金玉本無儲，〔註85〕乃以紙筆代耕畝，辛勤三十年，仍未有成就，故「俯仰人間亦緣口，一室蕭然僅容膝」。〔註86〕十朋自述「我生本抱丘壑尚，誤涉塵世爭浮蝸，十年太學志未遂，歸來隴畝躬桑麻。」〔註87〕生涯如此不濟，而冬暖兒號寒，年豐妻啼飢，又自著敝衣鞋，鞋且有蛙蟄于鞋頻，貧甚矣。〔註88〕

十朋為謀餬口，遂於大井之南闢為家塾，良友歲集焉。今摘二文用以明之。

> 繆意開家塾，微才愧斗筲。雖逃有若叱，寧免孝先嘲。
> 尚賴知心友，能全耐久交；殷勤惜別意，終日在梅梢。
>
> （前集卷三）
>
> 無功懶仕由堪酒，故向東皋事田畝。
> 自慚耕稼非老農，歲入何曾給餬口。
> 通功易事愧無術，謾闢書齋會鄉友。……（前集卷五）

戊、出仕後之窘狀。

紹興二十七年，王十朋進士榜及第，高宗親擢第一，以冠多士。昔日十朋「寒生在陋巷，甘心事虀鹽」、「蔬腸久不飽，飢骨尫且孱」

〔註82〕梅溪前集卷四「貧家連歲饑荒……」，頁94。
〔註83〕梅溪後集卷二十「挽令人」頁411。
〔註84〕梅溪後集卷二十八「祭令人文」，頁481。
〔註85〕梅溪前集卷九「和符讀書城南示孟甲孟乙」，頁117。
〔註86〕梅溪前集卷五「宋孝先示讀書自寬集，復用前韻」，頁97。
〔註87〕梅溪前集卷八「題郭莊路」，頁114。
〔註88〕梅溪前集卷十九「讀進學解」及「記蛙」，頁201及203。

之窘態，〔註89〕似應可除，其實不然。游宦後，十朋以爲「丈夫固有志，寧在官與金」〔註90〕游宦初期寓幕府，攬鏡自照白髮侵生，而覺筋力不任。經年客蓮幕之故，交絕孔方兄而囊橐羞澀，即文房四寶亦缺，是以同年喻叔奇曾惠川墨來助學。後官蘭省，因諫遭遣，奔波水陸。返鄉，適值凶年，至於「瓶無儲粟酒尊空」，〔註91〕僥倖家鄉鄰里多是熱衷腸，往往攜豆觴以助，此時之景況，最堪可憐，未仕宦途猶可耕，已仕宦程徒增花費耳。十朋有詩記此事，詩云：

> 淵明事高尚，瓶中缺儲粟。魯公凜名節，乞米給饘粥。廣文富才名，官冷飯不足。少陵老風騷，橡栗拾山谷。嗟予何爲者，處世眞碌碌。謀生一何拙，顏石無儲蓄。三年兩去國，囊橐罄水陸。還家索租苗，不了臘與伏。……家藏千卷書，父子忍飢讀；一字不堪煮，何以充我腹，細君笑謂我，子命難食肉。去歲官臺省，僥倖食君祿。有口不三緘，月奏知幾牘；聖主倘不容，寧免遠竄逐。歸來固已幸，富貴非爾福。東皋二頃田，得雨尚可穀；子耕我當耘，固窮待秋熟。（後集卷七家食遇歉有飯不足之憂，妻孥相勉以固窮，因錄其語。）

十朋既遠宦而囊如舊日一貧如洗，經輾轉半天下，至妻賈氏因病命斷泉南止，囊仍如四壁空，賈氏將絕語，勸以莫言窮，然十朋之窘況蓋可知焉。

十朋之父於方丈之室，藏書一笥，置酒一壺，設榻一張，置身其間，名曰四友。是能安貧樂道者也。十朋拜記父訓，云：

> 彼有汲汲於富貴，戚戚於貧賤，奔走於勢利之門，老死於憂樂之塗者，吾不爲也。（前集卷十七　四友堂記）

有父如此，況乃子也。十朋繼以此志訓子，云：

> ……我居江鄉厭海味，今日魚蝦八珍貴。朱門日興費萬錢，

〔註89〕梅溪前集卷九「和苦寒」及「和南食」，頁120。

〔註90〕梅溪後集卷三「夜讀書于民事堂，意有所感，和韓公縣齋讀書韻」，頁277。

〔註91〕梅溪後集卷七「祈雨不應」，頁308。

　　未必一生常適意。爾曹異日宦西東，一飯安得如今日，寄
　　鮮不須勞孟宗，但願清白傳家風。……（後集卷十一　買魚行）

觀十朋宦途，始自紹興府簽判、秘書省校書郎、建王府小學教授、侍
御史，後帥嚴州、饒州、夔州、湖州、泉州，官迄太子詹事，斯時，
因足已不能趨步，待抗章告老，卒薨於龍圖閣學士之任，年六十，可
謂一生顛沛清白且能守志固窮。《宋史》云其事親孝，終喪不處內室，
而友愛二弟，郊恩皆先秦其名，故後而二子猶布衣。十朋書齋篇曰「不
欺」，每以諸葛亮、顏真卿、寇準、范仲淹、韓琦、唐介自況，朱熹
雅敬之，為作文集序，論其心志特詳，真一代名臣典範也。

第三節　王十朋交游

　　王十朋於宋為名臣，生前事蹟，斑斑可考。而所交游人物竟多達
五百五十人有奇。何以王氏文中多存有交游？推究其緣由，可說者三：
　　一、梅溪文集係其子王聞禮所編，作品收集較易，故散佚情形尚
不嚴重。
　　二、王氏未仕之前，在鄉邑已大有名望，交游已廣，且未仕時間
長達四十六年，此期所交泰半係太學同舍，知交，鄉人，梅溪子弟，
僧、道二徒及永嘉人士。
　　三、其以狀元之銜位出仕，因心懷忠貞，正言敢論，而躋登名臣，
是以官場交游益廣。所游者，有同年好友、官場長官同僚及慕名人士。
　　今或錄其至交友好，或載其官場同道，或記其梅溪子弟，或書其
僧道交游，一著眼於篇章出現次數較多而於十朋詩文及行事有大關聯
者為取捨，凡細考四十八類五十一人，益以梅溪學生及僧道二類，共
五十單元。其中，有馬寺丞提舶者僅具姓氏官銜，其名甚難考定，是
人為十朋官場中至交，不容忽略，故仍細論之。
　　王十朋交游小錄
　　一、毛宏（毛公弼、毛叔度、毛虞卿）
　　二、王質（王景文）

三、王秬（王嘉叟、王復齋）

四、朱質（朱仲文）

五、李庚（李子長）

六、杜莘老（杜起莘）

七、何麒（何子應）

八、周時（周行可）

九、查籥（查元章）

十、趙士衯（趙悅中、趙知宗）

十一、提舶（馬○○？）

十二、洪邁（洪景盧）

十三、陳之茂（陳阜卿、陳豫章、陳洪州）

十四、胡銓（胡邦衡）

十五、梁介（梁子紹、梁彭州、梁子輔）

十六、閻安中（閻惠夫、閻普州）

十七、孫嶠（孫子尚）

十八、劉光（劉謙仲）

十九、劉鎮（劉方叔）；劉銓（劉全之）

二十、曹逢時（曹夢良）

廿一、曾汪（曾萬頃、曾潮州）

廿二、馮方（馮員仲）

廿三、項服善（項用中？）

廿四、張孝祥（張安國）

廿五、張闡（張大猷）

廿六、張浚（張魏公、紫巖先生）

廿七、喻良能（喻叔奇）

廿八、程大昌（程泰之）

廿九、萬大椿（萬大年）

三十、萬庚（萬先之）

三一、萬世延（萬叔永）

三二、賈如規（賈元範）

三三、趙不拙（趙若拙、趙果州）

三四、趙仲永

三五、趙彥博（趙富文）

三六、蔣雝（蔣元肅）

三七、陳知柔（陳體仁、陳賀州）

三八、陳孝則（陳永仲）

三九、陳康伯（陳長卿）

四十、劉儀鳳（劉韶美）

四一、潘先生（潘翼、字雄飛）

四二、王師心（王與道）

四三、汪應辰（汪聖錫）

四四、陳棪（陳大監）

四五、趙伯術（趙可大）；莫濟（莫子齊）；莫濛（莫子蒙）

四六、林季任（林明仲）

四七、薛伯宣（薛士昭）

四八、周汝能（周堯夫）

四九、王十朋與學生

五十、王十朋與僧道

一、毛宏（毛公弼、毛叔度、毛虞卿）

　　毛宏，樂清人。〔註92〕原名公弼，後改名宏，字叔度號虞卿；〔註93〕父徹，有文行，曾為縣學長。宏，資稟不凡，幼與兄宣俱有儁聲，並能世其家學，當時目之曰二毛。入太學，繼試禮部，以春

〔註92〕《宋人傳記資料索引》第一冊頁399。另《宋元學案補遺》別附卷一亦云樂清人，又云「其先括蒼人，後徙樂清。然《宋史》翼云：「江山人」則不可信。

〔註93〕梅溪集，上海商務涵芬樓本。前集卷一「寄毛虞卿」詩，頁74。

秋經魁天下士，〔註94〕中紹興十五年進士第。〔註95〕《宋史》翼提及宏，曾領臨安府司戶參軍，以不附秦檜和議之策，移嘉州司戶參軍，〔註96〕氣節磊落。後授寧海簿，沈毅有守，民莫能犯，甫半歲而政教大行。會丁父憂，居喪過制，尋以毀卒，遂以三十二歲之英年而早逝〔註97〕（約生於政和六年，卒於紹興十七年）。宏亡故時，有「親喪在殯，慈母在堂。兒幼而孤，婦少而孀。」實屬淒涼。宏工於賦篇，〔註98〕其詩設想新奇，清麗異常，宋詩記事〔註99〕〔註100〕錄其詩「飛鳴撼半空，暗想飄瓊瑰，前勸阻步屧，側耳成徘徊」蓋可知才情脫俗。宏昔日向王十朋借昌黎集，〔註101〕詩文氣味頗與十朋同，二人詩文相契，十朋云：「攜手山間行，清興浩然發……君姑爲我留，匆匆莫言別」，〔註102〕又云：「弟兄並秀如君少，朋友相知獨我深，一別幾勞終夜夢，相逢更話百年心」，〔註103〕再云：「別後誰能慰牢落，錦囊長帶故人文」。〔註104〕見過從甚密，知心頗深。

二、王質（王景文）

〔註94〕《宋元學案補遺》別附卷一頁 74。台灣新文豐出版公司四明叢書本。

〔註95〕《宋史》翼卷十二頁 146 云：「紹興五年進士」，非是。據梅溪集前集卷一「寄毛虞卿詩」知毛宏乙丑年及第，乃紹興十五年也。

〔註96〕毛宏是否授司戶參軍一職今不可考，由梅溪集前集卷十八，頁 193「祭毛叔度主簿文」推測，則宏卒於主簿職，設若宏曾任司戶參軍其年代亦應先主簿一職。

〔註97〕梅溪「祭毛叔度主簿文」云：「昔吾年未冠而子方志學……奈何年亦不多乎顏賈，而命僅同乎四子（指初唐四傑王勃等）」。觀乎此，知二年年齡相去三、四歲，而毛宏卒歲約年三十二，乃等顏回、賈誼之陽壽也。

〔註98〕梅溪前集卷十八「祭毛叔度主簿文」。

〔註99〕梅溪前集卷一「寄毛虞卿」詩，頁 74。

〔註100〕宋詩記事卷五十一頁 16。台灣中華書局本。

〔註101〕梅溪前集卷一「答毛唐卿虞卿借昌黎集」，詩，頁 73。

〔註102〕梅溪前集卷三「毛虞卿見過」詩，頁 85。

〔註103〕梅溪前集卷一「寄毛虞卿」詩。

〔註104〕梅溪前集卷一「次韻虞卿送別」詩，頁 74。

　　王質，字景文，號雪山，〔註105〕其先鄆州人，後徙興國。質，游太學，與九江王阮齊名，阮每云：「聽景文論古如讀酈道元水經，名川支川，貫穿周匝，無有間斷，咳唾皆成珠璣。」。〔註106〕質，文才既佳，氣節亦高。中紹興三十年進士第，不就職。後御史中丞汪澈，樞密使張浚均曾辟為所屬吏，其後入為太學正。〔註107〕時，孝宗屢易相國，政策反覆，質上書極論不妥。故忌者眾，罷去。虞允文當國，乃任敕令所刪定官，遷樞密院編修官，右正言，卒因耿介而得罪中貴，奉祠絕仕。淳熙十六年卒，年五十五。〔註108〕質，博通經史，〔註109〕其以文章氣節見重於世。質之詩頗受楚辭影響，且氣魄偉大；〔註110〕王十朋「次韻王景文贈行四絕詩」之三、四云：

　　　孜孜相勉惟名節，官職何須挍有無（之三）

　　　君年方壯我顏蒼，敢以宗盟論雁行，孝子忠臣公論在，送
　　　行詩似少陵章。（之四）

即彰揚質詩之正氣凜然，果無愧也。

　　今就梅溪集所見，十朋與質雖往來相諗，而交情顯然未及深。質之著述，有詩總聞，紹陶錄，雪山集，〔註111〕雪山詩說，〔註112〕林泉結契，〔註113〕今皆存四庫全書中。

三、王銍（王嘉叟）

　　王銍，字嘉叟，號復齋。中山人，居泉南，徽宗時名臣，王安中

〔註105〕《宋人傳記資料索引》第一頁215，鼎文書局本。
〔註106〕《宋史》列傳第一百五十四，頁12055，鼎文書局本。
〔註107〕同前。
〔註108〕此據《宋人傳記資料索引》第一冊，頁26。若《宋史》則云「淳熙
　　　　十五年卒。」非是，今查其雪山集可證。
〔註109〕見《宋史》列傳第一百五十四，頁12056，鼎文本。
〔註110〕宋詩記事五十一卷錄其「居句曲山辭」等三首，頁25。
〔註111〕見《宋人傳記資料索引》第一冊頁216。
〔註112〕此見《宋元學案補遺》卷四十六頁50。台灣新文豐出版公司四明叢
　　　　書本。
〔註113〕此本「林泉結契」見於楊家駱四庫大辭典頁204。

之孫。安中爲文豐潤敏拔，尤工四六之製。〔註114〕秬厚承家學，爲乾道間名士，與陸放翁友善，〔註115〕歷官禮、刑部侍郎兼權中書舍人，嘗知興化（莆田守），終知饒州，續除敷文閣待制，〔註116〕卒於乾道九年。遺有復齋制表二卷。〔註117〕秬，以李文蕭（李臺）之高第受知於張忠獻（張浚）公，而周旋乎陳正獻（陳俊卿）、虞忠蕭（虞允文）、劉忠蕭（劉珙）、張忠簡（張闡）、胡忠簡（胡銓）、汪玉山（汪應辰）、王梅溪（王十朋）、張于湖（張孝祥）間，目接南渡諸賢，耳逮北方餘論，其發爲論諫忠忱惻怛，如首言金必敗盟；忠獻必可用；俘虜必不可遣；張說必不可兵，皆言人所難。〔註118〕

　　秬極推崇十朋和韓詩之作，十朋引爲知己。秬與陳洪州（陳阜卿）、洪吉州（洪景廬）、何子應、王梅溪、李懷安六人往來詩歌酬唱，作楚東唱酬前集。〔註119〕旋，子應去逝，又添入張安國作品，仍爲六人再有楚東唱酬後集。〔註120〕此類唱酬，即詩社之一端，乃有宋

〔註114〕《宋史》卷三百五十二，鼎文書局頁11126。
〔註115〕《宋元學案》補卷一頁86。台北新文豐出版公司四明叢書本。乃吳梓材所云，源自《直齋書錄解題》。
〔註116〕宋會要輯稿選舉三四。新文豐出版公司印本頁4774。
〔註117〕錄自《宋人傳記資料索引》頁158。鼎文書局本。查今四庫全書未見此書。
〔註118〕《宋元學案補遺》卷，頁86。
〔註119〕梅溪後集卷九諸詩及後集卷十一「讀楚東唱酬集寄洪景廬、王嘉叟」詩，頁334。
〔註120〕梅溪後集卷十一。「再讀楚東集用前韻寄景廬嘉叟」詩，頁335。梅溪集中相關「楚東酬唱集」者，檢得左列八詩：
後卷八「二月朔日同嘉叟、薀之訪景廬別墅、用郡圃栽花韻，即席唱和」頁315。
後九卷「次韻何憲脩途倦游懷鄱陽唱和之樂」詩，頁318。
「哭何子應」詩之三之註文云：「何以正月二十二日行部方議開楚東酬唱集途中亡」詩，定國案：原註「正月」下有「二月」二字，今檢校薈要本亦如此，而文淵閣本卻無，知「二月」乃涉下文而誤，故刪去，後卷九，頁318。
「次韻安國讀楚東酬唱集」詩，後卷九，頁320。
「安國讀酬唱集有平生我亦詩成癖，卻悔來遲不與編之句，今欲編後集，得佳作數篇，爲楚東詩社之光，復用前韻。」詩，後卷九，頁320。

文風也。此前後集，尋查四庫未見，豈失傳歟？秬與十朋時相連袂過從，交情顯見，於梅溪集中，提及二人深厚性情之作，可得「次韻嘉叟讀和韓詩」，云：

> ……神交有吾宗，涉世同坎軻，學繼青箱玉，詩高碧紗播，勉令添和篇，才薄知何奈，謬同赤效白，深媿愈知賀，世事置勿論，蚊睫蟲容麼（後集卷八）

又「王嘉叟和讀楚東詩復用前韻以寄」詩，云：

> 照眼驪珠光陸離，莆田太守寄新詩；死生貴賤交情見，惟有吾宗不徇時。（後集卷十二）

十朋待秬如彼，而秬又如何？秬於「題王龜齡詹事祠堂」詩，〔註121〕云：

> 當時孤論偶相同，終始知心每愧公；纔見安車延綺季，遽嗟石室祀文翁。百年公議分明在，一餉紛華究竟空，白髮舊交衰甚矣，尚能留面對高風。（自注，始予與龜齡（王十朋）別，嘗喟吾輩會合不可常，但令常留一目，異時可復相見，龜齡再三擊節，後一見必誦此言。）

觀此首詩，見秬亦是性情中人，二人平生交分不虛，惟就詩而論詩，秬詩似略遜十朋一籌，稍欠自然圓潤之故。元朝程雪樓（程鉅夫）題王氏遺書曰：「嘉叟從張魏公（張浚）遊，人品自不待論，翰墨猶犖犖有奇氣。」〔註122〕

四、朱質（朱仲文）

質，字仲文，義烏人。紹興進士，〔註123〕嘉泰四年，曾仕秘書

「次韻安國讀薦福壁間何卿二詩悵然有感」詩，後卷九，頁320。
後卷十一「讀楚東倡酬集寄洪景廬、王嘉叟」，頁334。
「再讀楚東集用前韻寄景廬、嘉叟」，頁335。
〔註121〕《宋詩紀事》卷五十一。頁19。
〔註122〕《宋元學案補遺》卷一，頁86，王秬條之附錄一。
〔註123〕《宋元學案》卷七十三總頁1380及《宋人傳記資料索引》朱質條，均云：「紹熙進士，然十朋卒於乾道七年，是以朱質不當於紹熙年舉進士，疑「紹興」之誤。

省校書郎，〔註124〕累官至右正言，兼侍講（開禧二年），權吏部侍郎。著有易說舉要。〔註125〕《宋元學案補遺》卷七十三，王梓材案語云：「金華徵獻略記先生之傳云：『初學于呂祖謙弟子葉邦，〔註126〕而卒業于仲友』，是先生本屬東萊再傳弟子，所著又有奏議詩文雜稿。」

觀梅溪集，朱質與十朋同遊同飲，係屬夔州舊同僚。〔註127〕質與人能久交，乾道三年嘗護送十朋自夔至霅赴湖州任職，十分熱衷腸。質非但與十朋友善，亦與十朋二子熟稔。〔註128〕其後質客死九江，十朋同年師琛教授許以喪歸蜀地。〔註129〕

五、李庚（李子長）

李庚，字子長，臨江人，流寓臨海。高宗紹興十五年進士，歷官監察御史，〔註130〕二十七年爲兵部郎官，〔註131〕孝宗乾道二年提舉江南東路常平茶鹽公事，〔註132〕四年以右承議郎提舉江東常平，〔註133〕後知南劍州，又知袁州，未上而卒。著有詅癡符集，見嘉定赤城志。集名取爲「詅癡符」者，乃「家有敝帚，享之千金」之謙意也。〔註134〕

梅溪後集言及二人交遊云：「往歲遙從彭蠡湖，常山地闊武侯圖」，〔註135〕往後王十朋歸浙，舟過九華山〔註136〕、齊山，〔註137〕

〔註124〕宋會要輯稿，頁147。
〔註125〕《宋人傳記資料索引》，頁586。
〔註126〕《宋人傳記資料索引》（頁586）以爲朱質受學於呂祖謙（頁1137～1181），因時代相隔遠甚，謬誤顯然。
〔註127〕梅溪後集卷十五「黃池對月」，頁373。
〔註128〕梅溪後集卷十五「泊舟漢口」，頁369。
〔註129〕梅溪後集卷十六「送師教授琛」，頁377。
〔註130〕見《宋詩紀事》卷四十七，頁12；宋詩記事補遺卷四十二，頁21。宋人索引頁836，宋詩記事云李庚紹興十二年進士，而補遺云紹興十五年進士。
〔註131〕宋會要輯稿，新文豐出版公司，總頁3955。
〔註132〕宋會要輯稿，新文豐出版公司本總頁3493。
〔註133〕宋會要輯稿，新文豐出版公司本總頁3968。
〔註134〕《宋詩紀事》卷四十七。台灣中華書局總頁1099。
〔註135〕梅溪後集卷十五詩「子長和詩復酬二首」之一，頁371。
〔註136〕梅溪後集卷十五詩「子長和詩復酬二首」之二及「那刹石」詩，均

李庚或攜酒洗塵，或招遊賞花，過從密善。至於二人之志氣，梅溪後集卷十五「子長見示汪樞密游齊山詩，因次其韻」詩云：

　　吾儕相勉崇名節，峴首風流庶可攀

庚之詩，三十朋云：「字字工且精」。〔註138〕今觀《宋詩紀事》及「《宋詩紀事補遺》」所載，或詞味濃郁（如畫扇），意境如畫；或用字尖新，直抒胸臆（如尤使君郡圃十二詩），並可為傳世之篇矣。庚之著述，今存四庫全書者，乃天台前集、續集是也。

六、杜莘老（杜起莘）

　　杜莘老，字起莘。〔註139〕《宋元學案補遺》卷四十四頁22載曰：「杜莘老字起來……」非是。古人名、字意義泰半關聯，名莘老字起莘二者義正相關；名莘老字起來，則「老」之義無著落矣。〔註140〕

　　莘老，眉州青神人，諸書俱云乃《杜甫》之後代。然宋朝經前代分裂局面，門閥士族久不顯，職是故宋代社會門第族望觀念十分淡薄，譜牒難明。〔註141〕王十朋杜殿院墓誌敘說莘老家族亦簡略未詳，然查篇所作杜御史莘老行狀敘其家世極詳，則其為杜工部之後，當可深信。莘老，紹興十年進士及第，以親老不赴廷對，賜同進士出身，〔註142〕授梁山軍教授，從游者眾。〔註143〕後遷秘書丞、監察御史（紹

　　　　　見頁371。
〔註137〕梅溪後集卷十五詩「子長招遊齊山」、「子長見示汪樞密遊齊山詩因次其韻」、「子長和汪樞密齊山詩復用前韻」、「子長和詩并餽飲食再用泛清溪韻」、「子長攜具至溪口復用前韻」等，頁371及372。
〔註138〕梅溪後集卷十五詩「子長和詩并餽飲食再用泛清溪韻」，頁372。
〔註139〕梅溪後集卷二十四頁441「與杜殿院起莘」，卷二十九頁488「杜殿院墓誌」。又南宋文錄錄卷二十二總頁252杜御史莘老行狀。
〔註140〕《宋史》列傳第一四六及梅溪後集、《宋史新編》，《宋人軼事彙編》均作「起莘」較可靠。
〔註141〕《宋代社會研究》頁30，朱瑞熙著，弘文館出版社。
〔註142〕參見南宋文錄錄卷二十二杜御史莘老行狀與梅溪後集卷二十八「祭杜殿院文」。
〔註143〕《宋史》列傳第一百四十六，頁11892。

興三十一年高宗親擢）、殿中侍御史，以直顯謨閣，知遂寧府，改司農少卿，又外知遂寧府。〔註144〕《宋史》列傳第一百四十六將黃洽、汪應辰、王十朋、吳芾、陳良翰、杜莘老共爲一卷，乃此等人於朝中多所革弊，皆骨鯁輩，犬以「十朋、吳芾、良翰、莘老相繼在臺府，歷詆姦倖，直言無隱，皆事上忠而自信篤，足以當大任者，惜不盡用焉。」上述語梅溪集亦載記之，見公私交情並篤厚。

杜氏，於隆興二年六月八日卒，年五十八。杜氏娶黃庭堅之孫黃正之女，先杜而卒，育有四男三女。王十朋梅溪後集卷二十八祭杜殿院文云：

> 國亡直臣，山失猛虎；豈惟吾從，天下悽楚。

杜殿院挽詞又云：

> 賢哉郭有道，無愧蔡邕碑。〔註145〕

正美莘老之忠直。

七、何麒（何子應）

何麒，字子應，號金華子。其名不見諸史。〔註146〕麒與十朋心靈契合，文采交映，詩歌唱和十分殷勤，且楚東唱酬前集，即以麒爲盟主，〔註147〕理應爲梅溪交遊人物之前列。論宋詩，何麒原有詩集，可成一家之言，惜宋人不重宋詩，世人不喜宋詩，遂致湮滅不彰，甚而名不能傳世。麒，究竟爲何地人？梅溪後集曰：「公生長安我東嘉」，〔註148〕是知麒出生於長安。麒卒後歸葬於吳，然生前有歸蜀之念，殆其籍貫係蜀地歟？〔註149〕

〔註144〕《宋史》列傳第一百四十六，頁11894。
〔註145〕梅溪後集卷十三，頁354。
〔註146〕《宋史》、《宋元學案補遺》，宋會要輯稿，歷代人物碑傳年里綜表，商務中國人名大辭典，甚而《宋人傳記資料索引》均未錄載，眞見史家之忽略者矣。
〔註147〕梅溪後集卷九「哭何子應」詩之一，頁318。
〔註148〕梅溪後集卷八「題何子應金華書院圖」詩，頁311。
〔註149〕梅溪後集卷九「次韻安國讀薦福壁間何卿二詩悵然有感」詩之注文，頁320。

　　麒，是否有職？嘗居何官？梅溪後集「題何子應金華書院圖」詩云：「行將入侍金華殿」。且「用韻懷何卿」詩云：「行將歸侍玉皇案」，則知麒必居官有職。然究竟為何官守？吾人以為其於紹興中知涪州軍州事。〔註150〕且曾任諫官而卒於節使之職。因何知之？梅溪「哭何子應」詩云：「忠膺黃屋春，音遇紫岩知」註云：「公（麒）以張魏公薦被召」，蓋知麒乃張浚所薦拔。繼而，梅溪「何子應以蜀中文房四寶分贈洪景盧、王嘉叟、某與焉，因成一絕」詩云：「江左風流屬憲台」則推知曾任諫職。

　　再者，梅溪「送何麒行部趣其早還」詩云：「九郡飢民望使軺」。又，「次韻何麒太平道中書事」詩云：「明刑清軺使，行部近清明」，又「哭何子應」詩之二，云：「公作皇華使……新編刊未就，楚些已招魂。」故知麒卒於行部節使任上。且最後持節所在則蜀地也，梅溪後集卷九「哭子應」詩之二，云：「……共理符頻縮，明刑節屢持，青天萬里蜀，無復話歸期」。是可證也。其後「哭何子應」詩之三，注云：「何以正月二月（定國案二月二字承下文而衍；是年即乾道元年）二十二日行部，方議開楚東酬唱集，途中亡。」則麒不幸去逝於出使途中矣。綜上所述何麒嘗居諫職與皇使而卒於任上。

　　觀梅溪後集，知麒「伊洛橫渠造道深」〔註151〕「心印橫渠學」，〔註152〕足為橫渠學案之中流，奈何橫渠學案竟漏載。

　　梅溪「題何子應金華書院圖」詩云：「太平宰相張居士，外甥似舊（疑即舅字）金華子。」（定國案張居士即張商英，商英，四川新津人，歷仕英宗、哲宗，徽宗朝尤受重用。）又「哭何子應詩」亦云：「相門無盡甥」〔註153〕（定國案此處無盡即指張商英），觀此二詩知麒乃南宋初張宰相之外甥，非籍籍無名輩，何以諸史未錄，洵可異也。

〔註150〕《宋詩紀事》卷補遺卷四十七，頁11。
〔註151〕梅溪後集卷八「次韻李懷安，贈何憲五絕」之二，頁313。
〔註152〕梅溪後集卷九「哭何子應」，頁318。
〔註153〕梅溪後集卷九「次韻安國讀楚東酬唱集」詩云：「一台遺墨尚鮮鮮，紫微妙語題詩後」，亦可為憲乃張紫微外甥之旁證，頁320。

麒與梅溪相識於鄱陽，赤心交遊，二人才情志氣同調，欲志吞胡葛，是故交深言深，且《詩心》亦深沈。梅溪云：

> 公如憂國房玄齡，我如鄭公恩批鱗，隆興天下同正觀，願為賢相為良臣，我去公來不同日，各展忠懷對宣室，江湖邂逅論赤心，更約聯翩書史筆。……〔註154〕

梅溪極推崇何麒之詩，而麒與洪邁、王秬、陳之茂、李懷安皆為舊識，俱聯為唱酬同好，詩才當不輸人，惜不得原詩集觀之。〔註155〕

八、周時（周行可）

周時，字行可，少城人（今成都附近）。其名不見《宋史》及其他史料。〔註156〕

宋孝宗乾道元年十一月朔日，王十朋知夔州，因識得周漕行可。〔註157〕初，十朋與查籥舊識，且籥亦先十朋在夔，〔註158〕三人遂在夔唱酬殊多。

十朋與周時在夔之日，「日陪談笑，屢飲醇酎，有唱欣和，無疑不叩」時相往來。然十朋視周時之詩文風貌究竟為何？十朋以為「文非少而且重厚」，〔註159〕又極褒美周詩之法度謹嚴，故云：

> 道造精微更有文，絳侯應媿不如君，試將武事論詩筆，句法嚴於細柳軍。〔註160〕

〔註154〕 梅溪後集卷八「次韻何子應題不欺室」，頁311。
〔註155〕 梅溪集仍留有何憲詩數句。例如，梅溪後集卷八頁309「次韻何憲子應喜雨」詩注云：「某至都而雨，何憲詩云：『人間正作雲霓望，天半忽驚霖雨來。』」又梅溪後集卷八頁311「題何子應金華書院圖」詩，注云：「子應和顏范祠堂詩云：『鐵面金華誰氏子，要須相與嗣前塵』。」
〔註156〕 梅溪後集卷十三頁348「皇華」及卷二十八頁480「祭周運使文」。又宋會要輯稿頁7161有周時與查籥並列一條，則知周時即周行可也。
〔註157〕 梅溪後集卷十二「初到夔州」，頁339。
〔註158〕 梅溪後集卷十二頁344「送元章改漕成都」及卷十三「皇華」條之註文。
〔註159〕 梅溪後集卷二十三「答周運使」，頁430。
〔註160〕 梅溪後集卷十二「又答行可」，頁343。

周時幼居西蜀，曾折桂禮部，學行俱高，〔註161〕而持節鄉邦。乾道
二年充夔州路轉運判官，〔註162〕通稱夔漕。時居官有仁風，嘗遇荒
歲，發廩糧救飢民，致羨餘不獻，免除百姓賦稅凡十餘萬緡，以寬
民力。〔註163〕另皇命川蜀馬綱以水運，時與十朋協力敷奏，建議免
除此一弊民害馬之運輸法，宜行舊路辦理，俾免勞動軍民，而惠蜀
政。

　　周時生於六月十四日、亦卒於此日；〔註164〕十朋於乾道三年七
月自夔移知湖州，蓋可推知周即卒於乾道三年七月以降而七年七月之
前矣。〔註165〕

九、查籥（查元章）

　　查籥，字元章，海陵人，僑寓荊南，為查許國之孫也。宋高宗紹
興辛未（西元21年）進士，廷試中首選。〔註166〕紹興二十九年八月
任秘書省正字，充省試點檢試卷官，〔註167〕紹興三十二年十一月籥
受知江淮東西路宣撫使張魏公司主管機宜文字，〔註168〕遷除直秘閣
江淮東西路宣撫使司參議軍事。〔註169〕孝宗隆興元年籥降充江淮宣

〔註161〕梅溪後集卷二十八「祭周運使文」，頁480。
〔註162〕梅溪後集卷十二、十三、十四有關周漕行可諸條；後集卷二十三「答
　　　　周運使」二條，又後集卷二十八「祭周運使文」，另宋會要輯稿頁
　　　　7161有「乾道二年二月十三日夔州轉運判官周時、查籥奏綱馬改移
　　　　水路之不便且險」條。
〔註163〕梅溪後集卷十三「皇華」條十朋自註，頁348。
〔註164〕梅溪後集卷十二「行可生日」，頁346，及後集卷十四「周行可挽詩」，
　　　　頁362。
〔註165〕見後集卷十四「周行可挽詩」云：「執紼竟無由」，則其時十朋已去
　　　　夔，而十朋卒於乾道七年七月，因推知周卒於乾道三年至七年之
　　　　間，疑周行可於乾道四、五年病逝，頁362。
〔註166〕王德毅《宋人傳記資料索引》頁1544，又《南宋館閣錄》云查籥江
　　　　陵人。
〔註167〕宋會要輯稿頁4567。
〔註168〕梅溪後集卷七，詩「馮員仲赴闕奏事，士君子咸欲其留，聞為魏公
　　　　所辟，勢不可奪，遂成鄙語，兼簡查元章」條，頁300。
〔註169〕宋會要輯稿頁4767。

撫使司參議官，〔註170〕隆興六年九月任職太府少卿兼點檢贍軍激賞酒庫，〔註171〕乾道二年籥爲夔州路轉運使與夔守王十朋，周漕行可（即周時）協力上奏極言川蜀馬綱行經水路而出之害民害馬，宣循由舊陸路而出，或另擇地備置。〔註172〕乾道三年充任戶部郎中，總領四川財賦司，建議將四川財賦與養兵多寡配合，「使兵食民賦出入相當，庶幾軍用贍足免以匱乏」。〔註173〕乾道四年九月仍職四川總領所。淳熙元年詔追復左朝奉郎直秘閣一職，前因乾道七年在四川總領任上所支錢物夫實降官放罷，至是遇赦追復。〔註174〕

查籥與十朋係舊交，〔註175〕交情殊好。十朋與周行可交情「莊重」，與元章交情則熟稔而深刻，乃生死至交。十朋「送元章改漕成都」詩（後集卷十二），雖云贈別，實敘二人相交事，並及元章一生宦海浮沉之過程。茲引一段原詩即可清楚：

> 元章真國士，未見心已投。雅抱畎畝志，共懷天下憂。……精忠屹肝膽，苦語驚冕旒；君去最勇決，我行尚遲留。初別擬十載，相逢忽三秋。龍飛起元老，江淮握貔貅；禮羅得奇才，戎幕資良籌；人事苦好違，壯懷莫能酬，去持夔州節，遙泛瞿塘舟，我亦來自鄱，茲行豈人謀。……訪君義勝堂，顧我制勝樓，如馬謁白帝，臥龍尋武侯；江亭覽月色，園花賞春柔；果分餘味甘，蘭贈深林幽；詩篇浩卷軸，墨妙輝山丘，氣薄文艷杜，詞卑竹枝劉；吏事容拙疏，交情荷綢繆……。

查籥在夔，時與王梅溪、周行可聯席論文酒，〔註176〕唱酬合成夔府

〔註170〕 宋會要輯稿頁 3170 及 3959。
〔註171〕 宋會要輯稿頁 5134。
〔註172〕 宋會要輯稿頁 7161（有二條）。
〔註173〕 宋會要輯稿頁 3179、3180。
〔註174〕 宋會要輯稿頁 4118。
〔註175〕 梅溪後集卷十二，詩「又酬元章」條，又詩「送元章改漕成都」，頁 340。
〔註176〕 梅溪後集卷十二詩「行可元章再賦二詩，依韻以酬，前篇寓二，後篇寓三」之一，頁 340。

集。〔註177〕籥之才學，十朋云：

　　學兼通於古今，才兩備於文武。〔註178〕

然其詩風若何？十朋以為「詩句清含山水暉」，〔註179〕應許為秀雅之
屬，十朋許籥詩才高勁，云：

　　手握管城言不盡，詩壇誰復將中軍。

今觀《宋詩紀事》所錄其「題臥龍山」及「萬州湖灘寄王夔州十朋」
詩二首，或見其運筆如畫，能狀難模之景物，或筆端常帶情感；如「隱
隱故營連白帝，茫茫恨水向西陵」「恨」字用得癡；又如：「滿目暮山
平遠，一池雲錦清酣；忽有鐘聲林際，直疑夢到江南。」句中「酣」
字惹人醉，「疑」字性空靈，以例概篇，可見才華。

　　籥任官稱職，能嘉惠百姓，以司財賦之職，尤能便民寬民而活民，
曾因流錢故遭朝廷放罷。〔註180〕其文才事功，當時俱有口碑，惜不
見文集傳世。

十、趙士㒟（趙悅中、趙知宗，梅溪集如此稱）

　　趙士㒟，字悅中。濮王趙仲理之後。寄居會稽。〔註181〕高宗紹
興九年十二月任右監門親衛大將軍，其為濮王仲理之後故，旋詔轉遙
郡刺史。〔註182〕紹興二十六年十月因推恩故特轉行一官右遷為蘄州
防禦使。〔註183〕紹興三十一年九月詔因宗室家貧累重，俸給微薄，
養贍不給，故明堂大禮畢，錫予宗室自節度使至將軍各減三分之一（定

〔註177〕梅溪後集卷十二詩「又用行可韻」條，末二句為「酬唱又成夔府集，
　　　　論文欣對少陵尊」，頁339。
〔註178〕梅溪後集卷二十三啟「答查運使」條。
〔註179〕梅溪後集卷十二詩「元章至雲安用送韶美韻見寄次韻以酬」，頁345。
〔註180〕梅溪後集卷十二「送元章改漕成都」詩云：「流錢豈君事」，另見附
　　　　註，註9，頁344條。又後集卷十五「查元章自成都走書至江陵并
　　　　貺蜀牋附子」詩云：「雅志在活人，何心肯流錢」，頁366。
〔註181〕梅溪後集卷十七詩「知宗游東湖用貢院納涼韻見寄，次韻奉酬」條
　　　　之註言，頁388。
〔註182〕宋會要輯稿頁52。
〔註183〕宋會要輯稿頁128。

國案疑減上供）。〔註184〕孝宗隆興二年三月士豢任奉國軍承宣使提舉
台州崇道觀，上奏言年老多病。伏乞依趙士衍例，任便居，所有合得
請給，依已得指揮所至州軍經總制錢支給，詔從之。〔註185〕

十朋與士豢初識於越地，〔註186〕「屢陪觴詠之遊」。〔註187〕十
年後，十朋去守清源，二人又會面，俱老翁矣。〔註188〕士豢有二子，
曾隨侍遊東湖、郭外湖。〔註189〕是時，與士豢、十朋並唱酬往來者，
有提舶馬寺丞。遂有一段賞花、遊山、遊湖、啜茶、吃瓜、嚐柑之美
妙韶光，可擬之神仙飄逸之閑情，無怪乎十朋「送知宗奉祠還越」詩
云：

> 金尊對客吟篇逸，貝葉談空世味輕。

可映照士豢遊宦倦歸神態畢露矣。

十一、提舶（馬○○？）

提舶，顯係官名，似「提舉市舶司」之簡稱，然提舶究竟何名姓？
經檢梅溪後集提舶當姓「馬」，至於名字尚待查證。何以得知「馬」
其姓？分條敘述如后：

梅溪後集卷二十有「提舶生日」一詩，云：

> 遙遙華冑馬服君，世有功勳上臺閣漢雲臺、唐凌煙皆有馬氏象

由注文之意推知提舶應「馬」姓，然馬服君係戰國趙奢，乃趙氏也，
十朋出此言，恐爲推褒讚嘆有意牽引歟！此理由之一。

詩中又云：「銅柱家傳伏波略」。伏波將軍，東漢馬援也。以馬援
之勇謀，提舶似之；或提舶嘗官武職，然亦暗示提舶姓「馬」，否則
不當云「家傳」二字，此理由之二。

再查得梅溪後集卷十八「提舶送荔支借用前韻」詩云：

〔註184〕宋會要輯稿頁591。
〔註185〕宋會要輯稿頁137。
〔註186〕梅溪後集卷十九詩「知宗生日」條，頁399。
〔註187〕梅溪後集卷二十三啓「答趙知宗」，頁433。
〔註188〕梅溪後集卷二十詩「送知宗奉祠還越」之二，頁407。
〔註189〕梅溪後集卷十七「再和知宗游東湖用貢院韻」，頁388。

舶臺丹荔新秋熟，風味如人自不同。名字未安眞缺典，從
今呼作馬家紅。

此「馬家紅」句，必藉「馬」姓而言無疑矣。此理由之三。

再檢得梅溪後集卷十七「南宋揭榜，溫陵得人爲盛，提舶馬寺丞
有詩贊喜，次韻」詩，詩題中標明「提舶」乃「馬寺丞」之兼職，疑
係太府寺丞權兼市舶使，「馬」則其姓也。此理由之四。

綜此四證提舶姓「馬」已無可訛。馬提舶生於東蜀，像貌堂堂，
〔註190〕曾充司農寺丞，江東安撫使（或轉運使）、市舶使等職。〔註191〕
提舶之詩，以清新爲主，〔註192〕才情敏捷，〔註193〕每會輒席間成篇，
是故十朋有意收其詩入楚東後集，〔註194〕惟後收入與否則不可知。馬
提舶與王十朋，趙士礭多所往來，常一同交遊，交情自是匪淺。

十二、洪邁（洪景盧）

洪邁，字景盧，號容齋，鄱陽人。皓之季子；适、遵之弟也。紹
興十五年中博學宏詞科。〔註195〕授兩浙轉運司幹辦公事，入爲敕令
所刪定官，後出添差教授福州，累遷吏部郎兼禮部。顯仁皇后喪後，
除樞密檢詳文字。紹興三十一年遷左司員外郎，三十年充金之接伴
使。進起居舍人。其後出使金朝，金主令表中改陪臣二字，邁執意不
可。金欲質留，後遣回朝，時孝宗已即位矣。殿中侍御史張震以爲邁
使金辱命，論罷之。次年起知泉州。乾道二年復知吉州，三年遷起居
郎，拜中書舍人兼侍讀，直學士院，仍參史事。淳熙元年之後歷知紹

〔註190〕梅溪後集卷二十詩「提舶生日」條，頁405。
〔註191〕梅溪後集卷二十詩「提舶生日」云：「貳稷官」，稷官之貳，即司農
寺丞，頁405。
〔註192〕梅溪後集卷十九詩「次韻提舶見招」云：「詩句清新欲鬥妍」，頁399。
〔註193〕梅溪後集卷十八詩「提舶送菊酒有詩次韻八日」云：「詩如藍水坐
閒成」，頁393。
〔註194〕梅溪後集卷十七詩「提舶示觀楚東集，用張安國韻，因思番陽與唱
酬者五人，今六年矣。陳何二公已物故，餘亦離索，爲之慨然，復
用元韻」云：「欲收膏馥增前集，舶使新詩自合編」，頁388。
〔註195〕《宋史》卷三百七十三洪邁及《宋詩紀事》卷四十五頁12。

興府〔註196〕、贛州、婺州。紹熙二年以端明殿學士致仕，是歲卒，年八十，贈光祿大夫，諡文敏。〔註197〕

邁、幼讀書日數千言，一過目輒不忘，〔註198〕故文學博洽，能備眾體。〔註199〕邁著作豐多，有容齋五筆、夷堅志〔註200〕、野處類稿，萬首唐人絕句〔註201〕、史記法語、南朝史精語、經子法語、欽宗實錄、容齋詩話、容齋四六叢談，〔註202〕今四庫全書大多收存焉。

容齋詩話多論韓詩者，足見洪邁甚洞澈韓詩也。邁嘗和十朋所擬韓詩古律之作，〔註203〕蓋見其家學素養之有自矣。梅溪云二人「臭味夙相荷」故蒙錯賞。邁與王秬、何憲友好，互為吟侶，輯有楚東倡酬集，斯集前篇應已刊成。梅溪後集卷十一「讀楚東倡酬集寄洪景盧、王嘉叟」詩云：

> 預恐吾儕有別離，急忙刊得倡酬詩，江東渭北何曾隔，開卷無非見面時。

詩義顯示前篇刊成，庸無可疑。楚東後集，梅溪亦有刊刻之意，則未知成書否？梅溪後集卷十一「再讀楚東集用前韻寄景盧、嘉叟」詩，云：

> 二子聰明曠與離，一尊容我與論詩，待將後集從前刻，直到鄱陽送別時。

據此詩則後集欲刻至梅溪去官鄱陽時。

十朋與邁原係館閣中同舍，交情最好。梅溪詩云：「翰林虞部相酬贈，同舍交情復見今」〔註204〕又云：「緬懷蓬山舊，情好素所敦……

〔註196〕《宋詩紀事》卷四十五洪邁條，頁 12，總頁 1054。
〔註197〕《宋史》卷三百七十三洪邁，鼎文總頁 11573。
〔註198〕《宋元學案補遺》卷二十八頁 52。
〔註199〕《宋史》卷三百七十三洪邁（鼎文總頁 11574）。
〔註200〕同右。
〔註201〕《宋詩紀事》卷四十五頁 11、12。
〔註202〕《宋人傳記資料索引》頁 1512。
〔註203〕梅溪後集卷九詩「予向年少不自量，因讀韓詩輒和數篇，……近因嘉叟見之，不能自掩，且贈以長篇，蒙景盧繼和，用韻以謝。」，頁 317。
〔註204〕梅溪後集卷九詩「景盧贈人面竹杖」，頁 317。

懷君不成寐，兩處一聲猿。」〔註205〕可見至友之情。而後十朋申祠，
欲請邁（時官檢詳）見廟堂諸公時曲賜一言，玉成所求，〔註206〕即
動之以殷厚友情是也。

十三、陳之茂（陳阜卿、陳豫章、陳洪州）

　　陳之茂，字阜卿（一字卓卿），毗陵人（館閣錄云無錫人，即梅
溪集云錫山人。〔註207〕紹興二年同進士出身，治春秋，除休寧尉，
以經學為諸儒倡，紹興三十年四月除著作佐郎，與十朋同事，八月除
監察御史。隆興中仕至吏部侍郎，之茂善詩畫，行事剛果識治體，將
大用，遽卒。〔註208〕

　　之茂身長五尺，然才名出甚早，騰播四十年，〔註209〕原在台閣，
自察院遷郎官，未幾出為吳興守，〔註210〕再充豫章守。隆興二年七
月十朋來守鄱陽，時之茂為洪州帥，洪州即豫章郡。〔註211〕之茂在
江西為守與十朋詩筒常往來，斯時王秬守興化、洪邁守吉州、李懷安
帥蜀，王十朋帥鄱陽，故楚東酬倡集中除何憲在蜀非郡守之外〔註212〕
則有三守二帥。〔註213〕楚東集，嘗彙四集，〔註214〕然後集有何人作

〔註205〕梅溪後集卷九詩「景廬以郡釀飲客于野處園賦詩見寄次韻」，頁319。
〔註206〕梅溪後集卷二十四小簡「與洪檢詳邁」，頁441。
〔註207〕梅溪後集卷八詩「金華先生有奇石名碧遠，攜來自蜀，陳洪州以詩
　　　　覓之，……因和二公詩，頗起鄉思，寓意斷章」，頁314。
〔註208〕梅溪後集卷十四「哭陳阜卿詩」之四，頁356。
〔註209〕梅溪後集卷十四詩頁356「哭陳阜卿詩」之一及後集卷五頁290「送
　　　　陳阜卿出守吳興」詩，又王質雪山集「留別陳阜卿」。
〔註210〕梅溪後集卷五詩「送陳阜卿出守吳興」，頁290。
〔註211〕同55頁註22。
〔註212〕梅溪後集卷九詩頁320「次韻安國讀楚東酬倡集」、詩「安國讀酬倡
　　　　集有平生我亦詩成癖……」及後集卷十七頁388「提舶示觀楚東集
　　　　用張安國韻，因思鄱陽與唱酬者五人……」。
〔註213〕梅溪前集卷十七詩「提舶示觀楚東集用張安國韻因思鄱陽與唱酬者
　　　　五人今六年矣，陳何二公已物故，徐亦離索，為之慨然，復用元韻」
　　　　中自注云：「時陳在豫章，何按屬郡，詩筒常往來」，定國案「屬乃
　　　　蜀」之誤字，何憲曾充使節於蜀，見本章「何憲」一文知。
〔註214〕《香山集》卷十二「懷東嘉先生……作十小詩奉寄」。

品今難考矣。

之茂嘗作命義天下之大戒論，手筆頗佳，傳誦亦廣，之茂容貌清癯，心好古而愛林泉，於人物有先見之明，能臧否善惡。〔註215〕十朋與之茂「識面登瀛日，論心去國時」〔註216〕即在著作佐郎、校書郎任內熟識，二人「均是蓬山逸遠官」〔註217〕是以「詩筒續元白，治境接龔黃」，〔註218〕且「侯生韓子相酬贈，詩句驚人魂膽寒」，〔註219〕交情乃如此之厚，故乾道二年之茂凶訃傳來，十朋自是淚眼淒愴。

十四、胡銓（胡邦衡）

胡銓，字邦衡，號澹庵，廬陵人。建炎二年進士，授撫州軍事判官，未上，轉承直郎。丁父憂，居家，從鄉先生蕭子荊學春秋經。〔註220〕紹興七年兵部尙書呂祉舉直言極諫之士，薦胡銓於高宗，即授樞密院編修官，〔註221〕以奏檜主和，銓上書乞斬秦檜、王倫、孫近三人。書既上，檜以銓狂妄凶悖，鼓眾劫持，詔除名，編管昭州，仍降詔播告中外，〔註222〕謫逐二十餘年，遂以直聲中外聞名。孝宗即位，銓復奉議郎，知饒州。召對 1，除吏部郎官，旋歷官秘書少監；起居郎兼侍講講禮記，兼權中書舍人；權兵部侍郎、侍讀，兼國子祭酒，宗正少卿，集英殿修撰提舉佑神觀兼侍講；寶文閣待制提舉佑神觀、兼侍讀；敷文閣直學士，左通直郎提舉太平興國宮，歷知漳州、泉州。〔註223〕

〔註215〕梅溪後集卷五頁 290 詩「送陳阜卿出守吳興」之註文。
〔註216〕梅溪後集卷八頁 314 詩「金華先生有奇石……」條及後集卷十四詩「哭陳阜卿」之二之註文。
〔註217〕梅溪後集卷八詩「洪帥陳阜卿寄筍」，頁 311。
〔註218〕梅溪後集卷十四詩「哭陳阜卿」之三，頁 356。
〔註219〕梅溪後集卷九「次韻陳阜卿讀洪景廬追和玉板詩」，頁 317。
〔註220〕《宋元學案》卷三十四，世界書局本頁 68。及《宋史》卷三七四，鼎文本頁 11580。
〔註221〕宋會要輯稿選舉十一，新文豐本頁 4424。
〔註222〕《宋史》卷三百七十四，鼎文本頁 11582。
〔註223〕以上都見《宋史》及宋會要輯稿職官門。

　　銓曾上書數千言云：「階下自即位以來，號召逐客，與臣同召者張燾、辛次膺、王大寶、王十朋⋯⋯惟臣在爾。」銓與十朋既同為逐臣，且隆興元年銓擢起居郎而十朋在國史館，同奏論左右史失職有四焉：「一曰進史不當；二曰立非其地；三曰前殿不立；四曰奏不直前。」〔註224〕詔從之。胡銓、劉儀鳳、王十朋三人昔日同為編修官，十朋既入臺即罷史職，餘二人暫在官。〔註225〕

　　十朋在官，雖受知張闡尚書及胡銓，然行事猶有力不從心之感，故十朋云：「尚書左史雖知我，超海應難挾太山。」〔註226〕銓，一生剛腸犯顏，急切之情有過於十朋，故十朋引為同調，比之今之汲黯，觀十朋「懷胡侍郎邦衡」詩〔註227〕一以讚銓，一以自表，云：

　　今世汲長孺，廬陵胡侍郎，孤忠一封事，千載兩剛腸，晚節逢明主，丹心契上蒼，群兒巧相中，直道亦何傷。

　　今梅溪後集卷中存銓詩二首，氣勢雄魄，剛偉十分。銓之著作，今存澹菴文集，見四庫全書。

十五、梁介（梁子紹、梁彭州、梁子輔）

　　宋高宗紹興二十七年，念蜀士赴殿試不及，諭都省寬展試日以待，後取王十朋為魁，閻安中為第二人，梁介為第三人，介與安中均蜀士也，〔註228〕三人同授校書郎。〔註229〕

<hr>

〔註224〕梅溪前集卷二頁 28「論左右史四事」及《宋史》卷三七四，頁 11583。
〔註225〕梅溪後集卷七詩「用登和樂樓韻酬胡邦衡送別兼簡劉韶美秘監」（定國案「用」字天順六年序跋本、涵芬樓本均作「周」，謬甚，宜取薈要本，文淵閣本，改用「用」字）。
〔註226〕梅溪後集卷七頁 304 詩「得張大猷尚書書云比每進對屢以侍御為言，而邦衡舍人言尤數切云云某為郡邪所疾獨見知二公，因讀邦衡和和樂樓詩，復用前韻」。
〔註227〕梅溪後集卷十八。
〔註228〕宋會要輯稿選舉八，新文豐本頁 4364。
〔註229〕梅溪後集卷十三頁 353 詩「丙戌（乾道二年）冬十月閻惠夫、梁子紹得郡還蜀，聯舟過夔訪予於郡齋，修同年之好也。⋯⋯」之自註。

梁介，字子紹（又云字子輔），成都雙流人。〔註230〕歷官秘書省正字，權利州路轉運判官，知彭州（今屬四川，以九隴爲治所），後乾道四年五月知樞密院事，乃四川宣撫使虞允文所奏請。梁介到任彭州，講究農田水利經畫修築本州九隴等三縣管都江等十餘堰，灌漑民田，固護水勢，解除雨水泛濫而決壞堰身之問題，除直秘閣利州路轉運判官，〔註231〕改知瀘州。其後瀘州設一路，介兼爲安撫，此路則自介始也。〔註232〕

十朋、安中、介三人及第，以梁介年歲最幼，乾道二年，十朋與安中已老矣，而介方三十九，〔註233〕推此，則知及第時介方三十，而介生於宋高宗建炎二年（西元 1138 年）。介與十朋、閬安中、趙不拙四人交情濃郁過於醇酒。十朋詩云：

「天遣西來結詩社，郵筒毋惜往來傳」，〔註234〕又云：「一壺勝太白，形影月游從」，〔註235〕再云：「雲安麴水瓶雙玉，聊助詩人作小釂。」〔註236〕再云：「書向蓬山俱點勘，詩從天竺共吟哦，十年尊酒喜身健，五馬人生驚鬢皤。……」〔註237〕又云：「吾儕風味雅同科……少陵詩句酒中哦……」〔註238〕

足見多年同科之情。猶有甚者，相互之間若有憂心則常訊候，

〔註230〕《宋人傳記資料索引》，頁 2049。
〔註231〕宋會要輯稿選舉三四，頁 4771。又食貨八，頁 4925。又食貨六三，頁 5981。
〔註232〕《宋人傳記資料索引》，頁 2049。
〔註233〕梅溪後集卷十三詩「丙戌冬十月閬惠夫、梁子紹得郡還蜀……且志吾儕會合之異」，頁 353。
〔註234〕梅溪後集卷十三頁 354 詩「與惠夫、若拙小酌郡齋，再用聯字韻，并寄子紹」。
〔註235〕梅溪後集卷十三詩「三友堂」，頁 354。
〔註236〕梅溪後集卷十三詩「梁彭州與客登臥龍山送酒二尊」，頁 353。
〔註237〕梅溪後集卷十三頁 353 詩「丙戌冬十月閬惠夫、梁子紹得邵還蜀……且志吾儕會合之異」。
〔註238〕梅溪後集卷十三詩「與二同年觀雪于八陳臺，果州會焉，酌酒論文，煮惠山泉瀹瀹建溪茶」誦少陵江流石不轉之句，復用前韻。頁 353。

〔註239〕究其四人相見如此歡欣之故，直是氣味相投，然是何種氣
味？直氣也，此一向爲王十朋等所堅守而標榜者也。十朋云：

　　　致身許國宜相勉，莫學平津但取容。〔註240〕

又云：

　　　故人相見談時事，耿耿胸中直氣存。〔註241〕

即是此一精神之踔揚。又云：

　　　贈君無別言，相期盡孤忠。〔註242〕

梁介之詩，就《宋詩紀事補遺》僅存一首「登臥龍山送酒」此詩略見
章法謹嚴，然梅溪集亦有，則疑非介之作品矣。

十六、閭安中（閭惠夫、閭普州）

閭安中，字惠夫，臨邛人。治易。登紹興二十七年進士第二人，
與王十朋同榜，先授校書郎，歷職夔府教官、監察御史、國子司業、
知普州、集英殿修撰、除敷文閣待制，知遂寧府。〔註243〕乾道元年
安中任中書舍人，爲右正言程叔達所劾，遂以議論反覆放罷。〔註244〕
是故十朋詩云：「休嗟世路多巇嶮，共報君恩有樸忠」〔註245〕即示安
慰之意也。乾道二年冬十月安中與梁介俱得郡（閭普州、梁彭州）還
蜀地，於是聯舟訪十朋於夔州郡齋，交談甚美，感懷疇昔，今閭、王
俱老，梁介邁入壯年容鬢視及第時已大變，〔註246〕斯時趙不拙亦來

〔註239〕梅溪後集卷十三頁 349 詩「寄閭普州」、同卷頁 355 詩「子紹至雲
　　　　安復和前韻見寄酬以二首」，後卷十四頁 362 詩「過客談梁彭」。
〔註240〕梅溪後集卷二詩「游天竺贈同年」，頁 266。
〔註241〕梅溪後集卷十三頁 353 詩「梁彭州歸自道山，泝流入峽，以二詩見
　　　　寄，因次其韻」。
〔註242〕梅溪後集卷二頁 353 詩「贈梁同年介」。
〔註243〕宋會要輯稿職官三，頁 2404。又職官七一，頁 3963。又選舉二十，
　　　　頁 4568；又選舉三十四，頁 4772；又梅溪後集卷十三頁 353「閭普
　　　　州、趙果州、舟中唱和以巨軸見寄酬以二首」。
〔註244〕宋會要輯稿職官七一，頁 3963。
〔註245〕梅溪後集卷二詩「贈閭同年安中」，頁 266。
〔註246〕梅溪後集卷十三詩「丙戌冬十月閭惠夫、梁子紹得邵還蜀……」

欲聯舟西上，而介已先行矣〔註247〕值此聚會安中、十朋、不拙遂意興豪發云：「我輩論交眞有道，異時當國願無權……」。〔註248〕且丁丑年一榜前三人，十年間交情不斷，忠道相合，可算士林佳範。吾人觀下列二詩便可知二詩便可知三人情義之篤厚；其一云：

> 丁丑同年友，三人忽此逢。符分俱握虎，簪盍偶成龍。撫卷神山遠，啣杯瑞雪濃；一壺勝太白，形影月游從。〔註249〕

其二云：

> ……客裏有書情愈重，別來多病鬢添皤……。〔註250〕

尤令人感動者，同年間於政治場所之關懷情意殊爲凸顯，如十朋「寄閬普州」〔註251〕詩云：「對策天庭老布衣，直言中已有危機，須知東普勝西掖，好買扁舟及早歸。」

十七、孫嶠（孫子尚）

孫嶠，字子尚，開封人。紹興十五年卒於會稽山葬於大禹寺之側，年三十二〔註252〕（即生於西元1114年，卒於西元1145年）。嶠之上有二兄子淵、子昭，〔註253〕南渡後家於會稽。

十朋與孫嶠係青年時期至友。初十朋居海角有至友二人，首即嶠而次爲劉光（劉謙仲），劉早逝，而孫繼之，〔註254〕實天妒英才之謂

〔註247〕梅溪後集卷十三頁354詩「惠夫，子紹二同年懷章過變，宗英趙若拙聯舟西上……」。
〔註248〕梅溪後集卷十三詩「與惠夫、若拙小酌郡齋，再用聯字韻，并寄子紹」。
〔註249〕梅溪後集卷十三詩「三友堂」，頁354。
〔註250〕梅溪後集卷十三詩「子紹至雲安復和前韻見寄酬以二首」，頁355。
〔註251〕梅溪後集卷十三詩。
〔註252〕梅溪前集卷十八頁192祭文「祭孫子尚文」自注及後集卷四頁282詩「孫子尚蒿葬會稽山大禹寺之側……」。
〔註253〕梅溪前集卷一頁72詩「辛亥九日侍家君，同孫子淵……登高于家之東山。」
〔註254〕梅溪前集卷一頁76詩「昔與南浦劉謙仲，大梁孫子尚游……感而有作」。

歟？十朋初弱冠，而孫嶧年十八，方從開封來。〔註 255〕斯時乍見孫嶧逸氣凌霄，談吐凜凜，文墨兩全，〔註 256〕遂「金風玉露一相逢，勝卻人生無數，〔註 257〕故而「我昔風期一相遇，欣然握手論心腹。衡茅三度枉車軒，書劍連年共燈燭。論文自喜得房杜（房玄齡、杜如晦），言志端能效來郝（來敏？郝隆？）。長篇短韻迭賡唱，明月清風共斟酌。……有友如君復何憾，百不為多一已足。……，〔註 258〕如此推心置腹之貧賤交，令人傾心不已。

　　辛亥年（紹興元年）重九（陰曆九月九日）孫嶧兄弟同十朋父子登高賞菊，然菊花遲至十月望日方始爛漫，值此時，正是二人友情騰歡歲月，十朋詩云：

> ……人生貴適意，世俗豈能絆。……百年能幾何，不飲乃
> 痴漢。〔註259〕

人生聚散真一大夢；孫、王二人相處已近三年。紹興四年孫嶧卒有浙西之旅，而遷家錢塘太湖之濱。〔註260〕此後一別千里路，魂夢勞馳。再後，孫嶧過明慶，以詩招十朋，第十朋未及往，十朋悔悵，云：「……思君一日成三歲，寄我行書直萬金。……」〔註261〕再後，嶧過訪十朋，於宅壁間留文字數行，〔註262〕道無盡相思焉爾。別後瞬息逾八年，紹興十二年，十朋懷念孫嶧，並錄其舊詩（詩名往浙西別王龜齡）〔註263〕遣懷，又近三年竟無魚雁往返，〔註264〕唯讀故人舊所寄書函，

〔註255〕梅溪前集卷三詩「讀孫子尚舊所寄書」，頁85。
〔註256〕梅溪前集卷一詩「送子尚如浙西」，頁75。
〔註257〕同右。
〔註258〕梅溪前集卷一詩「送子尚如浙西」。
〔註259〕梅溪前集卷一詩「辛亥九日侍家君，同孫子淵、子昭、子尚登高于家之東山……」，頁73。
〔註260〕梅溪前集卷十八「祭孫子尚文」詩云：「君萍飄於太湖」，又前集卷一「送子尚如浙西」詩云：「錢塘此去仍棲託」。
〔註261〕梅溪前集卷一詩「孫子尚過明慶以詩見招，未及往次韻」，頁75。
〔註262〕梅溪前集卷二詩「和懷孫子尚二絕」之二，頁79。
〔註263〕《宋詩紀事》卷五十一。
〔註264〕梅溪前集卷二詩「懷孫子尚」，頁79。

於紙墨行間空懷斯人。紹興十三年（癸亥），嶠有書致意，將遊天台而命駕來會，﹝註265﹞然而事不果，聞孫郎徘徊於姑蘇，﹝註266﹞詎料紹興十五年四月孟夏﹝註267﹞孫郎徑赴巫陽之招，從此死生殊途耶矣，傷哉。後十朋官會稽，多次尋嶠墓，致奠，植柏，數十年間未忘亡友。

孫嶠，美丰儀有上才，十朋謂其「氣如長虹，貌如明珠，才如錦繡，語如瓊琚，體有四孔之奇，目無再閱之書。﹝註268﹞嶠之詩，十朋評曰：……君詩句句清且新，高壓曹劉倒元白……」，﹝註269﹞今就梅溪集中所附詩一首觀之，頗覺情韻邈綿，用字典雅，韻類唐風而有清味。其為十朋少年至友，於十朋初期詩風定有重要影響者也耶。

十八、劉光（劉謙仲）

劉光，字謙仲，南浦人，寓居樂清。生於宋神宗元豐年間（約元豐四、五年），卒於紹興二年，遺有南浦老人詩集。﹝註270﹞

十朋少壯時（約二十歲），﹝註271﹞以詩禮與劉翁周旋。初，十朋遊湖山，於湖邊不期而遇翁，交談甚歡，意氣相得，遂成生死交情。﹝註272﹞光，壯年時豪氣可掬，尤輕忽世俗輩，然人生不如意，故嗜酒不治生，晚年偃蹇不遇，則家貧越發窘迫而寒酸可憐相終不得辭矣。

﹝註265﹞ 梅溪前集卷十八「祭孫子尚文」云：「前年仲春書傳鯉魚，謂將從伯氏於天台，必命駕而尋吾……」，頁192。

﹝註266﹞ 梅溪前集卷十八頁192「祭孫子尚文」云：「……死於鵬告賈生之月」與文選鵬鳥賦。

﹝註267﹞ 梅溪前集卷二詩「懷劉方叔兼簡全之用前韻」云：「子尚之往浙西也……一別八年，不通書已三載，聞在姑蘇甚無聊……」，頁83。

﹝註268﹞ 梅溪前集卷十八「祭孫子尚文」，頁192。

﹝註269﹞ 梅溪前集卷三詩「讀孫子尚舊所寄書」，頁85。

﹝註270﹞ 《宋人傳記資料索引》「劉光」條，及梅溪前集卷一頁73「次韻謙仲見寄」云：「……儒冠五十年，世路疲行役……」。

﹝註271﹞ 梅溪前集卷十七「南浦老人詩集序」云：「紹興壬子和南浦翁喪于橫陽……予既一、二年與之遊……」由此推得，頁179。

﹝註272﹞ 梅溪前集卷一頁74湖邊懷劉謙仲：「炎涼世態從他變，生死交情祇自語。」

光，少華詭異，學養深邃，無論豪詞、淡語皆有妙解，而五十年間，儒冠誤身，屢敗於文場，書劍無成，是故人未甚老而窮愁老態過於孟東野多矣。光之作詩，一日不下數首，皆信口而成，不加雕琢，純任自然，但隨作隨失，不復顧惜，壯年之作久矣蕩然無存。十朋所編南浦老人詩集，乃光之遺作，取翁晚年所贈詩稿，益以已平日所載記者與兒曹所傳抄者，凡數十首，亦僅得劉翁暮年詩作之一、二，泰半屬窮愁抑鬱之氣者也。〔註273〕

紹興壬子（二年）秋，南浦翁卒於橫陽（案：浙江省平陽縣），與十朋生死交情成一夢，詩客有魂不得招，空留秋風滿江南。十朋弱冠時初遊偶遇光，而光亡後二十五年（十朋四十六歲），十朋始中進士，窮愁景況略似，南浦翁之詩風，早已深中十朋心腹，自不待言也。

十九、劉鎮（劉方叔），劉銓（劉全之）

十朋於二十至三十歲間，與樂清劉銓、劉鎮為筆硯交，交情最厚者劉鎮是也。劉鎮，字可升，又字子山，號方叔，政和四年生，〔註274〕先人居閩，避五代亂，徙溫州之樂清，〔註275〕乃劉銓之從弟，與銓同學於從父劉祖向，與鄉先生仰文蔚、孫仲鼇為師友。〔註276〕紹興十二年，祖向與銓俱擢進士。紹興十八年鎮亦登科。〔註277〕鎮之岳父翁府君教子有方，子翁萬春與婿鎮同登科，而翁府君旋即卒於戊辰年（紹興

〔註273〕 以上綜合資料，參見梅溪前集卷一頁 73「次韻謙仲見寄」、卷一頁 74「湖邊懷劉謙仲」、卷十七頁 179「南浦老人詩集序」及卷一頁 76「昔與南浦劉謙仲，大梁孫子尚遊，自劉死橫陽，孫亦有浙西之役……感而有作」。

〔註274〕 鎮生於徽宗政和四年見《全宋詞》第二冊頁 1355，唐圭璋編，洪氏出版社本。

〔註275〕 梅溪前集卷二十九頁 489「劉知縣墓誌銘」劉銓乃劉鎮之從兄。及梅溪前集卷二頁 83「述懷」。

〔註276〕 《宋元學案補遺》卷四十四，新文豐公司四明叢書本頁 426。

〔註277〕 同右及梅溪後集卷一頁 74「次韻劉方叔見寄」之自注：「名鎮，登戊辰科」。

十八年），〔註278〕嗚呼傷哉。

十朋邂逅鎮於蕭峰之下（是時，十朋年少於二十六、七，在紹興七、八年之前），〔註279〕斯時鎮方年少而氣銳，好學而工辭章，遂出詩篇示十朋，〔註280〕十朋云：「論文初喜逢知己，言志深期共致身。」〔註281〕蓋指此之故。識交後第三年，鎮出示「待評集」，集中有詩賦小詞，體兼古律，約百篇有加，惜今不傳世。

鎮，豪邁有文采，專擅詩歌及作詞，先時鎮不得意，躬耕田疇，云：

> 山北山南春雨足，漠漠柔桑秀如沃，農家荊婦幾時歸，西疇獨自驅黃犢。〔註282〕

而十朋亦云：「……賴有東皋遺業在，剩栽桑柘教妻蠶。」十朋友人姜大呂以為鎮之詩有富貴氣象，而十朋之詩貧酸味較重，後二十餘年十朋仍認為如此。後十朋晚十餘年出仕，官位、事功、名望卻遠在鎮之上，孰貧孰富，實難片言批斷者矣。〔註283〕

鎮與十朋、毛宏常作聯句，〔註284〕而十朋與鎮之從兄劉銓、友人姜大呂亦有往來。〔註285〕劉、王二家久為通家之好，十朋於劉銓父、劉鎮母、劉鎮岳父之去逝皆有挽詞，〔註286〕足證兩家二人關係

〔註278〕 梅溪前集卷四頁89「翁府君挽詞」由自注「子萬春，婿劉鎮皆登科」及詩云：「場屋收功不在身……坦腹門闌喜氣新……無奈今年歲在辰。」推知翁氏喪於戊辰年即卒於子婿登科之紹興十八年。

〔註279〕 梅溪前集卷十七頁180「劉方叔待評集序」及前集卷二頁83「述懷」，又前集卷九頁29「和短燈檠歌寄劉長方」。

〔註280〕 梅溪前集卷十七「劉方叔待評集序」。

〔註281〕 梅溪前集卷一「次韻劉方叔見寄」，頁74。

〔註282〕 梅溪前集卷二「述懷」所附跋及宋詩記事卷五十一頁18「書王龜齡述懷詩後」。

〔註283〕 梅溪前集卷二「述懷」，頁83。

〔註284〕 梅溪前集卷二頁78 夜聽雙瀑同劉方叔、毛虞卿聯句，又「對月同方叔聯句」。

〔註285〕 梅溪前集卷二頁78「送劉方叔兼簡全之」、頁83「懷劉方叔兼簡全之用前韻」、「述懷」，梅溪後集卷二十九，頁489劉知縣墓志銘。

〔註286〕 梅溪前集卷六「劉府君挽詞」、卷三「宋孺人挽詞」、卷四「翁府君

非凡。鎮，歷官隆興府司法、武義丞、知長溪縣，〔註287〕隆興通判等，著有政績。

　　銓，生於政和元年，卒於乾道二年，卒年五十六。銓，姿秀整齊，美鬚髯，性愷悌，遇人有禮，力學能文，未及冠，已蜚聲鄉林。銓，初授臨海尉，後移嵊縣丞、宣教郎、知海鹽縣、轉奉議郎、承議郎，為官政務循良，尤以喻如皋之民，墾田餘數萬畝，及海鹽水害，放廩勸輸，此二惠政活人最多。銓遺有男三人儼、价、儀，女五人，乾道四年二月丙申葬於眞如之原。〔註288〕

　　紹興十年（庚申）秋，十朋敗舉，心灰意冷之餘，欲變更經科，易以賦科，但鎮不以為然，勉其「塞翁失馬焉知非福」故事，二人友誼率眞誠厚可風也。紹興十八年（戊辰），十朋又廢舉，棄舍選不就，遇劉銓於武林，銓力勉勿捨此進身階，則銓亦屬厚交矣。其後銓喪於乾道二年，十朋作劉知縣墓誌銘以悼念之。〔註289〕

二十、曹逢時（曹夢良）

　　曹逢時，字夢良，本籍瑞安，因娶樂清黃氏，寓居柳市，紹興戊寅（二十八年）復歸家許峰。〔註290〕

　　逢時，少從鄭邦彥學易（字國材，樂清人），工文詞，與王十朋、劉鎮齊名。逢時之兄曹應時遊太學，亦有名。〔註291〕

　　十朋與逢時論交近三十年（論交之始約於紹興六年，時年二十餘），同讀書鄉校於金溪，太學復同舍，義如兄弟，堅似膠漆。逢時於妙齡時，即卓然自立而有才名，詩賦論策皆所專擅，且駢散俱

挽詞」。
〔註287〕《宋人傳記資料索引》「劉鎮」條；宋詩記事補遺卷三頁 29，鼎文本第八冊頁 4381；《全宋詞》洪氏出版社第二冊頁 1355。
〔註288〕以上梅溪前集卷二十九「劉知縣墓誌銘」，頁 489。
〔註289〕同右。
〔註290〕《宋元學案補遺》卷四十四頁 33「教授曹先生逢時」條王梓材之注文。
〔註291〕《宋元學案補遺》卷四十四頁 33「教授曹先生逢時」條。

佳。至於肄業太學雖早於十朋，登第之年卻同於十朋。〔註292〕紹興十八年十朋嘗作「和答張轍寄曹夢良」詩，詩之內容敘及昔日論文十五載，棲遲偃蹇之跡相似，時曹氏秋賦不售，而王氏春闈落榜，且彼此已有周年未晤面，十朋思之，有鏤心刻骨之感，遂寄詩。詩云：

> 故舊別云久，話言猶未齡。歲暮念愈劇，宵長夢形頻。世情自翻覆。交態長芳馨。……〔註293〕

此番銘心字句，眞肺腑言也。

紹興二十七年，二子方折桂然逢時赴桐廬戶掾（即嚴州司戶）〔註294〕需次家鄉竟五載，爲政有譽。其後逢時又留閩泮侯官，十朋曾舉曹氏自代，然限於制，不果。〔註295〕

紹興三十一年，十朋赴泉南，逢時出書見招，二人相會許峰，情意殷切，孰料逢時三年後竟卒（時隆興元年），慟哉。〔註296〕

紹興十八年十朋和韓詩寄逢時，逢時所和之詩十年後方姍姍遲來（即紹興二十八年），十朋回贈一絕句云：

> ……他時更踐詩中語，偕隱谿山不可遲。〔註297〕

然此老隱之約竟不果終矣。

二十一、曾汪（曾萬頃、曾潮州）

曾汪字萬頃，嘗隱居樂清。〔註298〕始，汪由經術之故而得獲選拔，其後轉以詞章而登科名，〔註299〕然筆硯勞苦已二十年矣，〔註300〕

〔註292〕梅溪前集卷二十八「祭曹夢良文」，頁482。
〔註293〕梅溪前集卷九頁121。
〔註294〕梅溪後集卷六頁293「送曹夢良赴桐廬戶掾」。
〔註295〕同第68頁註291。
〔註296〕同第68頁註292。
〔註297〕梅溪後集卷三「戊辰歲嘗和韓退之贈張徹詩寄曹夢良至今十年，夢良方和以寄，因贈一絕」，頁24。
〔註298〕梅溪後集卷二十四「答曾知郡汪」，頁439。
〔註299〕梅溪前集卷十六「代曾尉上陳安撫」，頁173。
〔註300〕梅溪前集卷十六「代曾尉答交代」，頁174。

當授吏部郎官，〔註301〕旋遊宦樂成，任職縣尉，主盟鄉校，曾於縣學植雙桂。〔註302〕其後知潮州留心教育，散播清芬，能變百里之俗。

先前十朋於縣學，獲執經，與諸生之列。〔註303〕汪氏視十朋佳善，十朋有知遇之感，彼時，十朋代汪上書安撫，〔註304〕又代汪答交代事，〔註305〕足見受倚之重。是後，汪易任青田，〔註306〕再遷潮州郡，到郡汪即增闢貢院，修韓文公廟，潮陽人感而祀之。〔註307〕至此，汪與十朋已違別二十年矣。十朋斯時，遭父母雙亡之難，又屢困場屋，聲跡仍然沈淪。後十朋騰達，卻屢思歸去，然至十朋逝去，汪氏猶存，淳熙元年八月汪乃知廣州，〔註308〕汪氏之壽當在十朋之上矣。

十朋作舉子業前曾和韓詩古律（雖未達三百篇，疑在百篇以上），先後有王秬、洪邁之友嘆賞讚許，今曾潮州來書云：「欲刊某和韓詩」，〔註309〕則欣賞者又增一人矣。

二十二、馮方（馮員仲）

馮方，字員仲，蜀地普康人。〔註310〕馮方與王十朋、程泰之以同舍共赴詞學兼茂科試，並留任館職。〔註311〕馮方，治尚書學，登

〔註301〕梅溪後集卷十九「曾潮州萬頃增闢貢院，以元夕落成寄詩次韻」之注文云：「萬頃嘗為天官郎」，頁402。
〔註302〕梅溪後集卷二十二「答曾知郡汪」，頁425。
〔註303〕梅溪後集卷廿四「答曾知郡汪」及前集卷二頁82「次韻曾尉易任青田留別」。
〔註304〕梅溪前集卷十六「代曾尉上陳安撫」。
〔註305〕梅溪前集卷十六「代曾尉答交代」。
〔註306〕梅溪前集卷二「次韻曾尉易任青田留別。」
〔註307〕梅溪後集卷十九頁402「曾潮州萬頃增闢貢院以元夕落成寄詩次韻」及同卷頁400「曾潮州到郡未幾，首修韓文公廟，次建貢闈可謂知化本矣，某因讀韓公別趙子詩，用韻以寄。」
〔註308〕宋會要輯稿刑法四，頁6634。
〔註309〕梅溪後集卷十九「曾潮州到郡未幾，首修韓文公廟，次建貢闈，可謂知化本矣，某因讀韓公別趙子詩，用韻以寄」，頁400。
〔註310〕《宋人傳記資料索引》頁2737「馮方」條，梅溪後集卷五頁287「次韻馮員仲正字湖上有作」及後集卷八「哭馮員仲之二」，頁311。
〔註311〕梅溪後集卷五「次韻程泰之酴醾」，頁290。

紹興十五年進士第，紹興二十八年充成都路轉運司幹辦公事，〔註312〕二十九年除秘書省正字，進校書郎，〔註313〕三十二年遷戶部員外郎，隆興初進太府少卿，〔註314〕後受謗放罷，隆興二年死於困譖，〔註315〕然在乾道五年十一月受詔以故左承議郎追復左朝散郎，並予致仕。〔註316〕

　　紹興三十年（庚辰），乃宋廷人文薈萃之際，值馮方與十朋游於其間，皆有憂國之志，能肝膽輸誠，相知甚厚，是故義均弟兄。〔註317〕十朋後去國，而馮方以江西運判職赴闕奏事爲張魏公（張浚）所辟，〔註318〕留佐戎幕。是時（隆興二年），張浚以樞密使都督江淮軍馬，而馮方以戶部郎官充都督府參議官。〔註319〕其後，張浚所部師潰，馮方與張浚父子在盱眙相約以死，旋張浚、陳俊卿、唐文若、查籥、馮方等均受處分降授。〔註320〕且此際馮方受謗，因「言者論其輕率招權」而放罷，〔註321〕遂浪歸蜀道。馮方在軍，犒山東忠義軍，倡借官資，行屯田之利，又奏就近撥常平倉、義倉來借貸軍眾，以活高郵軍民、兩淮州縣民。彼惠政頗多，故雖受謗，三軍嘆息涕泣而公論自在，又因左相陳俊卿嘗與方同佐張魏公幕僚，熟諗其人，爲力辨之，卒於乾道五年復原官賜致仕，〔註322〕然馮方已逝去多年矣。

〔註312〕　宋會要輯頁 5980。
〔註313〕　《宋人傳記資料索引》頁 2737「馮方」條及宋會要輯稿頁 4567。
〔註314〕　宋會要輯稿頁 2938。
〔註315〕　宋會要輯稿頁 3960。
〔註316〕　宋會要輯稿頁 4117。
〔註317〕　梅溪後集卷二十八「祭馮少卿文」，頁 480。
〔註318〕　梅溪後集卷七「馮員仲赴闕奏事，士君子咸欲其留，聞爲魏公所辟，勢不可奪，遂成鄙語，兼簡查元章」，頁 300。
〔註319〕　宋會要輯稿頁 3138。
〔註320〕　梅溪後集卷十九頁 399「馮員仲復原官與致仕恩澤」及宋會要輯稿頁 3959，頁 3170。
〔註321〕　宋會要輯稿頁 3960。
〔註322〕　梅溪後集卷十九「馮員仲復原官與致仕恩澤」及宋會要輯稿頁 4117。

十朋赴鄱陽，馮方寄過江州書，〔註323〕手墨未乾，而已驚聞方之訃音。後，方柩歸晉康，十朋則來守夔州，因官守有拘，至不克往弔。〔註324〕方，一代奇男子，身為多才所誤，懷許國之忠，以忠見疑，可謂前懷賈生之逐，而後抱屈原之悲。〔註325〕

方去逝後，其徒陳秀智，出示所遺詩文手帖與十朋，時乾道三年六月之事，〔註326〕而十朋「馮員仲復原官與致仕恩澤詩」云：「謗讟久息熄，果然天聽回。孤忠昭聖代，遺恨釋泉台。……」則方死之前謗冤猶未雪，推知方卒於乾道元年至三年之間。〔註327〕

二十三、項服善（項用中？疑字用中）

項服善，字用中，樂清人。嘗宰鄱陽，為人清白，仁心和氣，為政有聲望。〔註328〕服善在鄱陽時，與十朋同事半載，常作詩唱酬，服善去職，似歸故里，故十朋有「預約它年還故里，共騎白鹿效文君」，〔註329〕此是十朋歸去登仙之祈願，十朋知饒州後輒有去思，豈游宦之途險哉！抑老境厭吏事者歟？

二十四、張孝祥（張安國）

張孝祥，字安國，歷陽烏江人。其伯父張邵於建炎間使金，被囚

〔註323〕梅溪後集卷八「哭馮員仲之二」，頁311。
〔註324〕梅溪後集卷二十八「祭馮少卿文」，頁480。
〔註325〕梅溪後集卷二十七頁465跋馮員仲帖及梅溪後集卷二十八祭馮少卿文。
〔註326〕梅溪後集卷十九「跋馮員仲帖」。
〔註327〕梅溪後集卷二十八頁480「祭馮少卿文」云：「……君喪還晉，我來守夔……」，後集卷二十九「王公（王十朋）墓誌銘」云：「乾道元年七月移知夔州，……三年七月移知湖州……」則推知馮方卒於乾道元年至三年之間，且由「跋馮員仲帖」事，知乾道三年六月，彼時馮已喪命，故不能遲過乾道三年六月也。
〔註328〕梅溪後集卷九頁317「鄉人項服善宰鄱陽有政聲，人惜其去，用郡圃栽花韻作詩數篇敘別，遂和以送之」與後集卷八頁312「又和項服善三首」。
〔註329〕梅溪後集卷八「項服善知縣和詩酬以三絕并簡林致一教授」，頁310。

不屈，後放還。職是之故，其父張祁受恩補官，祁負氣尚義，工詩文，趙鼎、張浚皆禮遇之。〔註 330〕孝祥，讀書一過目不忘，下筆頃刻數千言，紹興二十四年，廷試第一。〔註 331〕

孝祥初授左承事郎簽書鎮東軍節度判官廳公事，〔註 332〕遷校書郎、尙書禮部員外郎、秘書省正字，紹興二十九年正月試起居舍人兼權中書舍人，〔註 333〕八月調外任。〔註 334〕歷知撫州、平江府、建康府、靜江府、饒州、〔註 335〕潭州、荊湖南路〔註 336〕、荊湖北路、湖北路，皆有政聲，尤以吳地大飢及荊州水災，救活無數。〔註 337〕後以疾卒於乾道五年，〔註 338〕年三十八。孝宗惜之，有用才不盡之歎，遂進以顯謨閣直學士致仕。

《宋史》云：「孝祥俊逸，文章過人，尤工翰墨……」，今觀梅溪後集所云蓋相符焉。梅溪後集謂楚東酬唱前集詩後有張安國題語至爲光豔；〔註 339〕又云：「紫微新鐵畫，輝映楚江波。」〔註 340〕況《宋詩紀事》云：「……平生我亦有書癖」其工書法誠不虛焉耳。

孝祥之號紫微，梅溪後集中至少三見，〔註 341〕此事是《宋史》，《宋元學案》，《宋元學案》補亦，《全宋詞》，《宋人傳記資料索引》均未引，唯梅溪集及《宋詩紀事》之注文中得斯消息孝祥自號紫微，未知是否受

〔註 330〕《宋人傳記資料索引》頁 2376「張孝祥」條，索引頁 2242「張邵」條，索引頁 2240「張祁」條及《宋史》卷三八九「張孝祥」條。
〔註 331〕《宋史》卷三八九，鼎文本頁 11942。
〔註 332〕宋會要輯稿頁 4240。
〔註 333〕宋會要輯稿頁 2007、頁 2627。
〔註 334〕宋會要輯稿頁 3955。
〔註 335〕宋會要輯稿頁 3964。
〔註 336〕宋會要輯稿頁 3460。
〔註 337〕《宋史》卷三百八十九，鼎文本頁 11943。
〔註 338〕《全宋詞》第三冊，頁 1686 張孝祥條：「乾道五年（西元 1169 年）卒，于湖集詞一卷」。
〔註 339〕梅溪後集卷九「次韻安國讀楚東酬唱集」，頁 320。
〔註 340〕梅溪後集卷九「易芝山五老亭名曰五峰，安國書之，因成短篇」，頁 321。
〔註 341〕宋詩記事卷五十一頁 4「題蔡濟所摹御府米帖」。

紫巖先生（張浚）之影響？《宋史》云其出入張浚、湯思退之門，主戰主和，立場模稜兩可，議者惋惜，而劉後村以爲孝祥交遊朱熹、張浚，冕節芬芳，是可褒也。今見十朋正直之人，能容孝祥，又知孝祥效紫巖號紫微，則孝祥爲人立事仍持有原則，可稍減非議之名者矣！

　　孝祥讀十朋諸公所作楚東酬唱集，有「平生我亦詩成癖，卻悔來遲不與編」〔註342〕之言。既而，十朋編楚東酬唱後集得孝祥佳作則納入。然孝祥竟欲盡和楚東唱酬詩，使十朋生「別作鄱陽一集編」〔註343〕之籌謀。但不知張氏是否盡和而王氏是否編成鄱陽唱酬集？此二君子憂民疾苦，〔註344〕詩歌迭有唱酬，十朋云孝祥英年早逝，有類賈長沙之屈，顧遺愛人間，足可成佛。〔註345〕

二十五、張闡（張大猷）

　　張闡，字大猷，永嘉人，登宣和六年進士第。〔註346〕闡，個性耿直，紹興十三年遷秘書郎兼國史院檢詩官遊帝王藏書之所，多讀異書，〔註347〕因忤權臣秦檜而罷歸故里，主管台州之崇道觀，歷泉、衢二州通判。〔註348〕十餘年間闡之職務未曾調整，十朋讚其善於固窮。〔註349〕紹興三十年三月闡入爲御史臺檢法官攝監察御史，十朋曾修賀書，自執門下之禮。〔註350〕紹興三十二年孝宗即位闡權工部

〔註342〕梅溪後集卷九「安國讀酬倡集有平生我亦詩成癖，卻悔來遲不與編之句，今欲編後集，得佳作數篇，爲楚東詩社之光，復用前韻」，頁320。
〔註343〕梅溪後集卷九「五月二十五日餞安國舍人于薦福，洪右史王宗丞來會，坐間用前韻」，頁320。
〔註344〕梅溪後集卷九頁320張安國舍人以南陵鄱陽雨暘不同示詩次韻、又次閔雨。
〔註345〕梅溪後集卷十八「悼張舍人安國」，頁396。
〔註346〕《宋史》卷三百八十一「張闡」條，鼎文本一一七四五。
〔註347〕梅溪後集卷二十二頁425「與張侍郎闡」及《宋史》卷三百八十一。
〔註348〕《宋史》卷三百八十一，頁11746，鼎文本。
〔註349〕梅溪後集卷二十二「與張侍郎闡」。
〔註350〕梅溪後集卷二十四頁438「與張臺法闡」及宋會要輯稿頁395。

侍郎兼侍講，時十朋任國子司業，二人指陳時事，斥權倖，無所隱諱。其後闓爲工部尚書，十朋因屢犯天顏，爲郡邪所疾，獨見知闓及胡銓，而常回護之，然未回天聽，十朋云：「……尚書左史雖知我，超海應難挾太山。」〔註351〕正指此而言。隆興二年七月闓卒，年七十四，謚忠簡，〔註352〕特贈端明殿學士。朱熹嘗言闓始終言金人世讎不可知，〔註353〕深知國家利害之所繫也。

二十六、張浚（張魏公、紫巖先生）

張浚，字德遠，漢州綿竹人，〔註354〕世稱紫巖先生，封魏國公，隆興二年八月卒，年六十八，謚忠獻，人稱張魏公，又稱忠獻公。浚入太學，中進士第，能率軍，〔註355〕是故十朋謂其「才全文武」，〔註356〕然終其一生，如十朋稱曰：

> 公之勳德，公之忠義，公之人望，群嘲聚詈。
> 公欲恢復，指爲生事；公欲禦戎，靳爲兒戲；
> 公欲養兵，詆爲妄費；公欲進賢，目爲朋比。
> 公得人心，公有異意；巧言如簧，吁其可畏！〔註357〕

浚素有恢復故志，卒不能爲，故死有餘恨，空留英雄淚灑滿襟之憾。

十朋所居梅溪「不欺室」遺有浚之銘文，且「不欺室」三字亦浚所書，銘文則雲山老人（疑楊知章）所撰。〔註358〕浚所書銘文八十四字，自其去逝後已成史筆，〔註359〕正可表其端人正士之志行矣。

〔註351〕梅溪後集卷七頁 304「得張大猷尚書云，比每進對屢以侍御爲言而邦衡舍人言尤數切云云。某爲郡邪所疾，獨見知二公，因讀邦衡和和樂樓詩，復用前韻」。

〔註352〕宋會要輯稿頁 1649。

〔註353〕《宋史》卷三百八十一，鼎文本頁 11748。

〔註354〕《宋史》卷三六「張浚」條，頁 11297～11314。

〔註355〕同右。

〔註356〕梅溪後集卷二十八「祭張魏公文」，頁 478。

〔註357〕梅溪後集卷二十八「重祭張魏公文」，頁 479。

〔註358〕梅溪後集卷八「不欺室三字參政張公書也，筆力勁健，如端人正士，儼然人望而敬之，因成古詩八韻」，頁 312。

〔註359〕梅溪後集卷八「次韻何子應題不欺室」，頁 311。

十朋乃浚所薦，出入其門，自稱門生，故感恩再造；浚死則慟何可支，
十朋曰：

　　　可憐未戰身先死，貫日精忠化白虹〔註360〕

忠節不遇，古今同悲，十朋既弔魏公且自弔也。

二十七、喻良能（喻叔奇）

　　喻良能，字叔奇，號香山，義烏人（屬浙江省，梅溪集云其繡川
人，是祖籍乎？〔註361〕登紹興丁丑年進士。良能仕於朝，歷官太寺
丞，〔註362〕嘗以太常少卿權工部郎官，積階朝議大夫，爵義烏縣開
國男，有《香山集》三十四卷，諸經講義五卷，家帚編十五卷，忠義
傳二十卷行於世。《香山集》質實無僞，香山爲人則可知矣，蓋香山
於人煦煦有恩惠，能使人別去三日念之輒不釋者也。〔註363〕

　　良能兄弟三人，兄良倚與良能同登紹興二七年進士；弟良弼亦太
學生，以善古文詞稱名太學，以特科出任新喻尉，是以十朋云其兄弟
類陸機陸雲。〔註364〕

　　紹興二十六年冬，良能與十朋同舍上庠，一見如故，次年同登進
士，故爲「同舍同年友」。〔註365〕又次年十朋贊幕王師心於會稽而良
能來游攝廣德尉，於是朝夕論文賦詩，相得愈厚，唱和數在百篇以上。
〔註366〕二人爲官地近，故常過從而多偕遊，如同游蘭亭（是時雖不
成往，後當又游），〔註367〕又如偕游會稽山天衣寺，〔註368〕皆此類

〔註360〕梅溪後集卷九頁321「次韻安國題餘干趙公子養正堂，……」。
〔註361〕梅溪後集卷二十七「送喻叔奇尉廣德序」云：「……某丙子冬與繡
　　　　川喻叔奇同舍上岸……」，又後集卷三「喻叔奇惠川墨」云：「子墨
　　　　客鄉來自蜀，繡川家藏尤不惡……」頁463。
〔註362〕宋詩記事補遺第八冊所附宋詩記事小傳補正卷三頁16。
〔註363〕《宋元學案補遺》卷五十六，頁20。新文豐四明叢書十八冊頁286。
〔註364〕梅溪後集卷三「贈喻叔奇縣尉」，頁276。
〔註365〕梅溪後集卷三「贈喻叔奇縣尉」。
〔註366〕梅溪後集卷二十七送喻叔奇尉廣德序，又《香山集》卷十二頁7「留
　　　　別王狀元二十四韻」云：「……酬倡幾千首，從游殆十旬……」，此
　　　　乃綜計二人一生而言。
〔註367〕梅溪後集卷三「十月十六日欲與夢齡弟及聞詩、聞禮同游蘭亭，仍

也，此見朋友情義之親近無與倫比，尤以莫逆論文於十朋友輩中亦無幾人可擬，而況良能亦有同感。〔註369〕良能曾惠川墨予十朋，雖表示十朋家境不豐，亦證良能景況之優裕。去越之後，十朋轉官鄱陽，亦嘗與良能同事九十日，相遇倍增相親之情，然十朋旋移夔州，二人頓成勞燕。自紹興二十七年至二十八、九年之間，十朋與良能皆因及第未久，意氣風發，多飲酒唱和，且多遊興佳篇。〔註370〕

良能曾比擬十朋為文壇盟主，十朋懼不敢當，遂吐露一段自我創作歷程，且提及當時文學風氣之弊端，〔註371〕十朋論稱：

> 千載以來，文學三大老，僅韓愈、歐陽修、蘇東坡耳、蘇
> 門六君子與張籍、皇甫湜、孟郊、賈島俱羽翼斯文有功，
> 然以上諸公豈專文哉？乃深於道者而已矣。

職是之故，諸公亡後，文不以繼，文壇一片荒蕪。後之詞人，爭以駢麗纖巧取勝，有失義理之探討，而書生囿於時文，學淺義浮，未能洗去華藻之窠臼，文學遂被割裂焉。

十朋又以為良能古學根柢渾灝，讀史正確，觀詩知義，文字冰清玉潔，氣勢波瀾壯闊。此固褒美賢友，恐亦十朋為文之理想所在焉。

總之，十朋願與良能為韓孟良朋，類雲龍相從，不忍別離之情，的是不疑。〔註372〕良能遺世之作，有諸經講義五卷，《香山集》十六

約喻叔奇偕行……懷抱殊惡」及「和喻叔奇集蘭亭語四絕」。
〔註368〕梅溪後集卷三「和喻叔奇游天依四十韻」，頁278。
〔註369〕梅溪後集卷三頁277喻叔奇惠川墨云：「同年於予契非薄……」，又同卷「和喻叔奇集蘭亭序語四絕」之三云：「晤言一室許誰親，相遇無非我輩人……。」又後集卷四頁281懷喻叔奇云：「……同年四百二十六，莫逆論交能幾人。」又《香山集》卷十四「懷王侍郎、劉秘監」詩提及王東嘉乃平生之至交。
〔註370〕梅溪後集卷三「和喻叔奇游天依四十韻」。
〔註371〕梅溪後集卷十九「喻叔奇采坡詩一聯云：『今誰主文字，公合把旌旄』為韻作十詩見寄，某懼不敢和，酬以四十韻」，頁399。
〔註372〕梅溪後集卷二十七「送喻叔奇尉廣德序」云：「……於是又知二公心相如氣味相得，至欲相與為雲龍，而不忍有離別，真可謂古之善交者。」，頁463。

卷，家帝編十五卷，雅戲集云云。〔註373〕今四庫全書仍存《香山集》。

二十八、程大昌（程泰之）

　　程大昌，字泰之，徽州休寧人。諸書皆云大昌登紹興二十一年進士第，〔註374〕授吳縣主簿，未上，丁父憂，服除，擢太州教授，明年召爲太學正，試館職，爲秘書省正字，宗即位遷著作佐郎。然梅溪後集卻有「主簿程同年和永平門詩；再賦四絕因以贈別」〔註375〕之詩題，不知何故？後十朋爲鄱陽守，大昌爲主簿，再後大昌遷調，故十朋詩以送之。詩云：

　　　　迂儒政事只平平，濫守鄱陽十里城；賴有同年更同事，公
　　　　餘時作苦吟聲。

則推知大昌乃十朋某類考試之同年。又，十朋「次韻程泰之酴醾」〔註376〕詩云：「……幽亭相對止三人，草草杯盤爲花具。」注云：「時同舍考試惟泰之、員仲、某任館。」則同舍同年中惟程大昌、馮方與王十朋留館職。又，十朋「泰之用歐蘇穎中故事，再作五絕，勉強繼韻」之一（後集卷五）詩云：

　　　　君詩雅勝五言城，白雪篇章分外清，不許同僚持寸鐵，筆
　　　　尖戰退老書生。

則「同僚」一辭與右二詩亦能相應，如此，大昌或是紹興二十七年及第歟？徽宗崇寧四年五月起，亦詞學兼茂科，中格者則授館職，歲不過五人（《宋史》紀事本末卷三十八），〔註377〕程、王、馮三人蓋斯試中選之同年歟？（然而十朋爲進士魁首，依例不必與館職試，便可授官）。

　　大昌與十朋相友，僅省中及鄱陽任上耳，交雖善而未及深。大

〔註373〕同右。
〔註374〕《宋史》卷四三三；《宋元學案補遺》卷二頁90；《全宋詞》第三冊，頁1523；宋詩記事卷五十頁19。
〔註375〕梅溪後集卷九，頁318。
〔註376〕梅溪後集卷五，頁290。
〔註377〕梅溪後集卷五及新《宋史》記事本末卷三十八頁380，鼎文本。

昌英年及第，十朋卻晚出早衰。大昌勤政愛民忠君累官權吏部尚書，以龍圖閣學士致仕，慶元元年卒，年七十三，諡文簡，此概非十朋所及見矣。《宋史》云大昌所著作有禹貢論、易原、雍錄、易老通言、考古編、演繁露、北邊備對行於世。〔註378〕今四庫中其作品大抵皆存。

二十九、萬椿（萬大年）

萬椿，字大年，乃十朋之表弟。十朋母萬氏，故與椿、萬庚、萬庠爲通家之好。紹興十八年（戊辰）春大年與十朋同下第，十朋至會稽復還學追補，至秋方還家。〔註379〕是歲十一月十一日過萬橋，是夜會飲於萬庚處，同宴者有萬椿、萬庚之弟萬庠，諸君乃促席而坐，頗覺清歡。〔註380〕

十朋年踰四十猶未取功名，家境清寒，生涯不諝，無有代耕之職，遇連歲蠶荒，妻孥號寒；酒味過甘不醇。而表弟萬椿家則蠶早熟，酒香醇，故羨慕之。然椿有無子之憾也。〔註381〕後，十朋守清源，椿訪於郡，宿郡齋爲鼠蚊蚤所苦，卻喜郡圃花木，〔註382〕是時椿依然未及第，不知舉男否？但知仍與十朋往來並唱酬。〔註383〕

三十、萬庚（萬先之）

萬庚，字先之，樂清人。其父萬世延，抱才不試，奉母謹甚，業修行飭，蔚爲善士。其弟萬庠，儒行有成。另有弟萬廣、萬廓、萬庶、

〔註378〕《宋史》卷四三三儒林傳三。
〔註379〕梅溪前集卷四「寄萬大年」，頁89。
〔註380〕梅溪前集卷九「和醉贈張秘書寄萬大年、先之、申之」，頁118。
〔註381〕梅溪前集卷四「貧家連歲蠶荒……表弟萬大年家蠶熟酒醇有足樂者……遂和以寄之」，頁94。
〔註382〕梅溪後集卷二十「表弟萬大年宿郡齋，爲鼠蚊蚤所苦，夜不安寢，目爲之害，某輒申造物之意，諭之以詩。」及「大年獨步郡圃即事有作，次韻」，頁405。
〔註383〕梅溪後集卷七「予素不喜棋。孫先覺、萬大年、林大和見訪，戲與對壘，偶皆勝之，因作數語」，頁303。

萬唐，自萬庠以降，皆與王十朋游，庠尤爲王氏弟子之佼佼者。〔註384〕

　　庚，善詞賦，太學興，首中優選，後與十朋同舍上庠，登紹興二十四年進士，授左迪功郎，處州縉雲尉，調全州教授，兼攝郡之幕職。庚爲文雄深雅健，湖南諸郡碑碣，必屬先生撰述，改洪州錄參。虞允文入相，十朋自南京貽書薦之，虞擬除學官，名未上，乾道五年卒，終從政郎。〔註385〕庚爲十朋學侶，其與十朋自少年至晚年私交篤厚，於十朋而言其伴學、論文之功匪淺，是梅溪之學侶益友也。

　　庚，好讀莊子，寄趣名理，有名士之風，十朋曾作詩勸以莊子蔽於天，不合儒說。〔註386〕然，十朋父與庚之父情意相好，且婚姻世修，〔註387〕則十朋與庚世兄弟之情誼當亦厚重，曾與庚攜手同登丹芳嶺。〔註388〕庚，嘗一舉兩男，十朋作洗兒歌賀；〔註389〕其後庚命卒之年，慈親在堂，壯婦在室，兒女滿前，〔註390〕尚無遺憾，惟壽不永年耳。

三十一、萬世延（萬叔永）

　　萬世延，字叔永，世爲樂清人。世延幼年即驚悟，敏於記誦，爲師友所奇，然年十四而孩，故奉母恭謹，處事若成人。曾游郡庠，以兄弟少，爲奉甘旨，故不事進取而抱才終身者。〔註391〕世延有子六人，尤以長次二子最善。長子庚登進士，次子庠，以鄉貢赴省試，俱

〔註384〕梅溪前集卷二十「東平萬府君行狀」，頁205。
〔註385〕《宋元學案補遺》卷四十四頁73，新文豐版四明叢書第五集十七冊及梅溪後集卷二十八頁481「祭萬先之文」，後集卷十九頁399「哭萬先之」。
〔註386〕梅溪前集卷四「次韻萬先之讀莊子」，頁90。
〔註387〕梅溪前集卷十八「代祭萬叔永」，頁190。
〔註388〕梅溪前集卷四「與萬先之登丹芳嶺，路人有手持桂花者，戲覓之，慨然相贈……遂與先之分之，記以一絕。」，頁92。
〔註389〕梅溪前集卷五「萬先之生兩男作洗兒歌賀之」，頁98。
〔註390〕梅溪後集卷二十八「祭萬先之文」，頁481。
〔註391〕梅溪前集卷二十「東平萬府君行狀」及前集卷七「萬府君挽詞」。定國案挽詞之注文「字叔永」是也，注又云：「庚子登科」，宜改作「子庚登科」較佳。免生誤會也。頁次分別爲頁205及109。

成儒學名家。世延在鄉族能和眾能濟人，顧因夙有之喘疾致死，卒於紹興二十四年十月，年僅五十八。世延善治生蓄而能散親且篤於教子。

昔監察御史睢陽李藺扈從高宗南巡，聞世延有鄉譽，訪其居，名其軒曰必大軒，預禱種德樂教之報。據梅溪集知世延所爲詩文不多，皆平淡造理，峻潔可愛，尤屬意於簡翰。

十朋與世延子庚同舍上庠，又與其諸子游。而庚乃十朋高徒，紹興十四年庚中鄉選而赴省試，十朋勸勉曰：「將戰藝春闈，射策天庭，不負平日所學……以阿合取容，雖能袞然爲舉……君子不貴焉」。〔註392〕

三十二、賈如規（賈元範）

賈如規，字元範，樂清人。《宋元學案》謂其「質行足以型方訓俗」，〔註393〕又稱其宋徽宗宣和中補太學生，於靖康之難諸生欲逃去，先生不去，後以特奏名義，調廣昌尉，再調興國軍司理，不赴，讀書鹿巖下。

觀梅溪集知如規赴省試多次，淹徊且二十載，年五十歲猶赴春闈，〔註394〕卒舉進士，〔註395〕且器識義方，名賢鄉邑云云。

十朋年十七（高宗建炎二年）受學於潘翼，並與長者游，即賈太孺、劉謙仲、覺闍梨（僧宗覺），皆一時詩人也。昔時，十朋與賈氏昆季游皆年少，相隔三十六載後之重九日，十朋以詩賀寄表叔賈如規，時十朋五十三歲，而如規年逾七十三矣〔註396〕（以如規之兄如訥生辰計之，是年約七十三歲。如訥早卒，去逝於四十二歲建炎三

〔註392〕梅溪前集卷十七「送吳翼萬庠赴省試序」，頁182。
〔註393〕《宋元學案補遺》卷四十四，頁74，又見《水心文集》卷九「樂清縣學三賢祠堂記」。
〔註394〕梅溪前集卷十七「送表叔賈元範赴省試序」、前集卷二「送表叔賈元範赴省試」，前集卷三「送元範赴省」。頁次分別爲頁181、77及84。
〔註395〕梅溪前集卷二十「賈府君行狀」，頁207。
〔註396〕梅溪後集卷七「九日寄表叔賈司理并引」，頁303。

年），稍後卒於十朋遠宦夔州時。〔註397〕

　　如規子賈循（字大老），業進士，與季父同居幾三十年，服勞不憚，鄉里難之。其婿萬清之亦與十朋往來唱和。十朋與賈府世代通家。如規之兄如訥，乃十朋之岳父，如訥卒後，如規妻以兄之女。如規有弟如石，另有從兄弟如愚、如晦。其中與兄如訥最友善。如訥，十二歲而孤，事後母至孝，在諸子中最稱謹厚，治家有法，「不務兼并，而生產日肥。性仁慈，尤睦家族」，後「嬰痼疾，仁而不壽」。〔註398〕

　　十朋於表叔之中，最契合者乃如規（賈元範）也，另與賈元實、元識、元節亦有酬唱。

三十三、趙不拙（趙若拙、趙果州）

　　趙不拙，字若拙，太宗六世孫。少以進士奮，主司及流輩皆服其工。初，苦貧無以養，乃教授諸生以自給。歷晉陵丞，累官至直秘閣。〔註399〕

　　梅溪集稱不拙「標準宗支名籍籍」，〔註400〕又稱其卓爾不群爲宜諒多聞之益友。不拙，曾爲江州添倅，後「一麾出守西南州」，時約在乾道二年（丙戌年）。〔註401〕此時，不拙守果州，而十朋來守夔州，二人相逢。十朋「寄趙果州」〔註402〕詩云：

　　　　九江話別已經年，三峽相逢豈偶然。
　　　　預掃江頭禮賓館，論文尊酒菊花天。

〔註397〕梅溪後集卷二十八「祭賈府君文」，頁480。
〔註398〕梅溪前集卷二十頁207「賈府君行狀」。又後集卷二十八「祭賈府君文」。
〔註399〕《宋人傳記資料索引》頁3402；《渭南文集》卷十四頁15。
〔註400〕梅溪後集卷十三「趙若拙卓爾不群，佳公子也，痛親不見，名堂曰思，……亦以詩命，予謂若拙不止乎思也，且能題之，作思堂詩。」，頁355。
〔註401〕梅溪後集卷十三「丙戌冬十月，閻惠夫、梁子紹得郡還蜀，聯舟過夔，訪予於郡齋，修同年之好也……且志吾儕會合之異。」；後集卷十三「惠夫、子紹二同年懷章過夔，宗英趙若拙聯舟西上，賦詩二首，記吾三人會合之異，次韻仍簡二同年」，頁353。
〔註402〕梅溪後集卷十三「寄趙果州」，頁349。

乾道二年冬十月，十朋同年閤安中、梁介得郡還蜀，聯舟過夔，不拙會焉，遂四人聚集一堂，酌酒論文，煮泉瀹茶，誦杜少陵詩。〔註403〕後梁介先行，十朋與不拙、安中小酌郡齋。旋，安中、不拙乘舟去，且以巨軸寄舟中唱和詩百篇，是詩多以五言爲之。〔註404〕

後，十朋去夔歸東，守清源；不拙移郡夔漕。十朋「次韻夔漕趙若拙見寄」〔註405〕詩云：

　　夔門邂逅恨匆匆，君駕重來我已東。
　　陳跡徒勞長者記，清樽那復故人同。
　　光華持節花溪上，老病分符佛國中。
　　吾輩棲棲不黔突，此生休更問天公。

觀詩意當知十數年交情眞誠親善。

不拙有二子善書。其一子，年十四，能作大字，十朋美其子字畫老成，異日必能名家。不拙之詩，十朋評其「眉宇胸襟兩不塵，唾成珠玉更清新」，贊其詩作不輸於趙令疇。

十朋稱云不拙翩翩佳公子也，立身行道之人品應不差。顧宋會要輯稿〔註406〕載其四川茶馬任內，因殿中侍御史徐良能論不拙「素無行檢，以娼爲妻」故放罷，時在乾道五年。疑此事乃官場險惡，浮沈難斷。不拙，官止於直秘閣，則乾道五年之後又旋起有職矣。

三十四、趙仲永

趙仲永，宋室宗英之後，〔註407〕不甚有名，《宋史》、宋會要、《宋人傳記資料索引》皆不載。十朋所游宋室蓋以人品機緣取之。非因顯

〔註403〕梅溪後集卷十三頁 353「與二同年觀雪于八陳臺，果州會焉，酌酒論文，煮惠山泉，瀹建溪茶，誦少陵江流石不轉之句，復用前韻」；又同第 86 頁註 401。

〔註404〕梅溪後集卷十三「閤普州、趙果州舟中唱和，以巨軸見寄，酬以二首」；又「與惠夫、若拙小酌郡齋，再用聯字韻，并寄子紹」，頁 353。

〔註405〕梅溪後集卷十七，頁 382。

〔註406〕新文豐本宋會要輯稿第四冊頁 3969。

〔註407〕梅溪後集卷四「仲永再和三絕，復和以酬」之一，頁 286。

赫而交。

　　浙江諸暨縣，古爲越王允常所居之地，〔註408〕境內千巖競秀。
〔註409〕續東南行，抵紹興縣。紹興境內，往東、南有鑑湖、東湖、
禹陵及會稽山等古蹟名勝。十朋詩云：

　　　　龍臥半天頭吐月；鑑湖千里影涵樓〔註410〕

又云：

　　　　崢嶸高閣聳雲端，萬壑千岩坐上看。

　　　　八百里湖寒鑑瑩，二千年國臥龍盤，

　　　　金風吹面掃殘暑，明月入懷生嫩寒。

　　　　見說神山正相偶，醉中端欲駕仙鸞。〔註411〕

足見鑑湖之明麗入畫，且唐賀知章請爲道士，曾以鑑湖爲放生池，又
成民間故事。此湖總納二縣三十六源之水，而東接曹娥江，本通潮汐。
漢永和年間太守馬臻，乃環湖築塘瀦水，溉田九千餘頃，自宋熙寧以
降，漸廢爲田，迄今僅成水潭焉。〔註412〕

　　紹興二十七年十朋進士及第，爲紹興府簽判〔註413〕紹興二十
八年秋，王師心爲越帥，十朋爲幕僚，是以與撫幹趙仲永同官共游。
〔註414〕紹興二十八、九年間。仲永曾贈以御茗密雲龍、薰衣香並
惠以小詩，十朋亦酬以詩。十朋稱仲永爲人豪邁如韓愈，慷慨能論
時事，〔註415〕又論仲永之新詩似脩竹而風味高長。〔註416〕

　　十朋云：「知君指日歸天祿，莫負平生閣上心」，〔註417〕又云：「台

〔註408〕江山萬里第六冊頁203「煙雨江南」，錦繡出版社。
〔註409〕梅溪後集卷四「又和趙仲永撫幹二首」之二，頁285。
〔註410〕同第88頁註409。
〔註411〕梅溪後集卷四「再和趙仲永撫幹」之一，頁285。
〔註412〕同第88頁註408煙雨江南頁204、205。
〔註413〕《宋史》列傳一四六，鼎文本頁11883「王十朋」條。
〔註414〕梅溪後集卷四「又用看字韻酬趙仲永」，頁285。
〔註415〕梅溪後集卷四「仲永再和三絕，復和以酬」之二、三，頁286。
〔註416〕梅溪後集卷五「趙仲永和胡正字竹詩見贈，用韻以酬」，頁291。
〔註417〕梅溪後集卷五「次韻趙仲永悠然閣」，頁287。

閣子將集，山林予欲藏」〔註418〕推知仲永嘗遷中央，入台閣，然不知究為何官耶。

三十五、趙彥博（趙富文）

趙彥博，字富文，武康人，延美七世孫。紹興二十一年進士，〔註419〕乾道七年五月彥博自都提舉川秦茶事買馬一職除直秘閣，以職事修舉。乾道八年七月受詔由直秘閣主管成都府利州等路茶事除直顯謨閣，仍再任以職事修舉；〔註420〕淳熙五年曾知寧國府，旋放罷，〔註421〕後仕至權工部侍郎。

彥博曾與賈如規同官廣昌，如規每稱其為人「人物宜居國士選，吏民聊作使君呼」。〔註422〕

乾道元年七月十朋帥夔州，彥博贈以桂花。〔註423〕乾道三年十朋移知湖州，〔註424〕路經秋浦（屬安徽），知郡彥博送以鹿肉，並客留十朋於清溪山頭兩宿。〔註425〕彥博與十朋相識雖早，然交往疑僅夔州任上二年間耳。

三十六、蔣雝（蔣元肅）

蔣雝，字元肅，莆田人（一作仙遊人），紹興二十一年進士（《宋人傳記資料索引》云：紹興二十四年進士，終德慶府通判）。〔註426〕少博學強記，於書無所不覽，鄉先輩宋藻每以南方夫子稱之。與林艾

〔註418〕 同第 89 頁註 416。
〔註419〕 《宋人傳記資料索引》，頁 3536。
〔註420〕 宋會要頁 3736、4773、4775。
〔註421〕 宋會要輯稿頁 3984。
〔註422〕 梅溪後集卷十五「富文和詩復用前韻」，頁 371。
〔註423〕 梅溪後集卷十五「富文贈桂花」，頁 371。
〔註424〕 梅溪後集卷末附錄「有宋龍圖閣學士王公墓誌銘」。
〔註425〕 梅溪後集卷十五「富文送鹿肉」、「溪口阻風寄子長、富文」、「池之清溪如杭之西湖……呈提舉李子長、知郡趙富文」，頁 371、372、371。
〔註426〕 宋詩記事補遺卷四十三頁 11。

軒（林光朝）同時十人俱知名，號莆陽十先生。〔註 427〕紹興間試詞
賦兼春秋舉於鄉，旋以詞賦登進士。教授泉州時，王十朋爲守見其時
政十議，歎曰：經世之文也。離曾知江陰軍，轉知通州，秩滿入觀，
首言江東鹽課之紕，口誦指畫，應對如響。〔註 428〕將除贛州，爲執
政所沮，遂退居樸鄉十餘年，著有樸齋文稿三十卷，今四庫全書不傳。

　　離登科後十八年（孝宗乾道五年）遊宦清源（山西省）之郡，主
教化諸生，而值十朋已五年三郡，又知泉州，離遂入境而觀風，方會
面焉。〔註 429〕先前離宰德化時，作蘊仁堂養親，十朋曾題詩祝禱願
移孝作忠。〔註 430〕其後，乾道五年八月離作夢仙賦，十朋論云：「詞
新意古，超出翰墨蹊徑外」可擬之司馬相如大人賦、李白大鵬賦之況
味，蓋飄飄然有凌雲氣矣〔註 431〕話別。

　　十朋赴泉州，越境送別者七人，乃同僚蔣元肅（離）、黃中立（少
度）、鹿伯可（何）、趙元序、陳德溥（孔光）、葉飛卿、林致約，諸
人小酌在楓庭驛舍，共酌臨汾酒〔註 432〕話別。

　　離既居樸鄉，作樸鄉釣隱圖，十朋作仿其意古詩，賦梅溪歸去之
志，願畫左原山水圖與此樸鄉釣隱圖並傳無疆。〔註 433〕

　　十朋與離交情非淺；離以詩賦專擅，自有足觀而可爲十朋法者矣。

三十七、陳知柔（陳體仁、陳賀州）

　　陳知柔，字體仁，號休齋居士，溫陵人（一說永春人），紹興十
二年進士，授台州判官，尋教授建州、漳州起知循州、徙賀州。知柔
與秦檜了熺同榜。檜當軸，不肯附檜，故以齟齬終，解官歸，主管沖

〔註 427〕《宋元學案補遺》卷四十七頁 10。
〔註 428〕《宋人傳記資料索引》頁 3773。
〔註 429〕梅溪後集卷二十三「答蔣教授」，頁 433。
〔註 430〕梅溪後集卷十九「題蔣元肅蘊仁堂」，頁 404。
〔註 431〕梅溪後集卷二十七「跋蔣元肅夢仙賦」，頁 466。
〔註 432〕梅溪後集卷二十「越境送別者七人蔣元肅……林致約，少酌驛舍」，
　　　　頁 410。
〔註 433〕梅溪後集卷十八「樸鄉釣隱圖」，頁 392。

祐觀。卒於淳熙十一年。著有易本旨十六卷大傳二卷，易圖一卷，春
秋義例十二卷，詩聲譜二卷，論語後傳十卷，〔註434〕今四庫全書中
均不存。

　　王十朋守清源，相識二陳，大陳陳孝則，小陳陳知柔。十朋美知
柔云：

　　　才氣超等倫，胸中包古今。筆下眞有神，唾手取甲科。齒
　　　髮方青春，聲名滿天下。〔註435〕

知柔亦常來與十朋細論詩文，〔註436〕並贈以詩文。斯時，知柔解官，
教授諸生，「聊籍束脩禮，少資囊橐貧」，十朋勉以「願公少自愛，行
矣當致身」。〔註437〕然彼蹉跎歲月，不由聞達，而埋首著作，惜不得
傳。(蓋乾道五年間，十朋知泉州，遇夏四月不雨，將有請于神，雨
忽大作，知柔賀以詩贊喜)，當知知柔依然心繫民政。〔註438〕

三十八、陳孝則（陳永仲）

　　陳孝則，閩中儒學大家陳從易之孫，字永仲，泉州晉江人。登宣
和三年進士，授東莞尉，改通判潮州，擢知英州，代還除廣南東路提
點刑獄。有惠政，曾出舶商於死獄。乾道四年前後，孝則致仕家居。
〔註439〕念祖父之德，結屋桐城隅，以清名室，泉州郡守王十朋贈詩
美之。〔註440〕

　　清源郡城之西有石昏溪，江險而深，孝則慨然首倡以石建橋，其
族弟陳知柔協其謀，梁樞密助之（疑即梁克家，梁氏《宋史》本傳云

〔註434〕《宋元學案補遺》卷四十四頁32；《全宋詞》第二冊頁1348；宋詩
　　　　記事卷四十七頁2。
〔註435〕梅溪後集卷二十「贈陳體仁」，頁410。
〔註436〕梅溪後集卷十七頁389陳賀州遠客送酒、卷十九次韻陳賀州題姜秦
　　　　二公祠。
〔註437〕同第92頁註435。
〔註438〕梅溪後集卷十七「夏四月不雨，守臣不職之罪也，將有請于神，雨
　　　　忽大作，陳賀州有詩贊喜，次韻以酬」，頁385。
〔註439〕閩中理學淵源考卷十二頁3。
〔註440〕梅溪後集卷十九，頁403，悼陳提刑。

泉州晉江人，或云溫陵人），於紹興三十年動工，而訖工於乾道五年，費時計十年，足證孝則功遺地方大矣哉。〔註441〕

孝則，年高德劭，爲監司、郡守時，未嘗按吏居鄉，且不以事干州郡，頗有清廉家風。乾道六年正月二十五日卒，〔註442〕年八十二歲。

十朋來守泉州桐城。孝則適奉祠居鄉，相識實遲，〔註443〕然藉陳知柔故，亦有文字往來。

三十九、陳康伯（陳長卿）

陳康伯，字長卿，信州戈陽人（館閣錄云譙郡人）。宣和三年進士。康伯與秦檜太學有舊，檜當國，康伯不與之偷合。檜死，遂大用，累官拜參知政事、平章事，爲相，高宗嘗謂其「靜重明敏，一語不妄發⋯⋯」。〔註444〕

梅溪集提及康伯者有二事，一者賀登相位〔註445〕一者辭免除著作佐郎。查《南宋館閣錄》十朋紹興三十年二月除校書郎，十二月除著作佐郎，三十一年五月知大宗正丞，三十二年十一月以司封員外郎兼國史院編修官。觀此知十朋自紹興三十年二月至三十二年底仍在館職。探究十朋堅辭著作佐郎之原因有三：十朋身在中秘，雖有妻孥相隨，然二弟皆居鄉間，生活困苦，難以提挈，而欲外任，以敦手足之愛，此原因之一。〔註446〕十朋辭職不成，驟得美遷，畏人誤認矯情，故再三請辭，然皆不獲准，〔註447〕此原因之二。又間得肺疾，欲就外以便醫藥，〔註448〕此原因之三。

〔註441〕梅溪後集卷十九「石筍橋」，頁404。
〔註442〕梅溪後集卷十九「悼陳提刑」，頁403。
〔註443〕梅溪後集卷二十「陳提刑挽詞」，頁405。
〔註444〕《宋史》卷三百八十四陳康伯條。
〔註445〕梅溪後集卷二十三「賀陳充相」及「賀陳左相康伯」，頁435。
〔註446〕梅溪後集卷二十五「與宰相乞外任」，頁449。
〔註447〕梅溪後集卷二十五「與陳左相辭免除命乞外任」及「再與陳左相」，頁450。
〔註448〕梅溪後集卷二十五「再與湯右相」，頁450。

十朋才氣難掩，未能立辭館職，然康伯用賢惜才，十朋受因羽翼之處定在預料之中。

四十、劉儀鳳（劉韶美）

劉儀鳳，字韶美，蜀地普州人。紹興二年進士，於仕進恬如也，擢第一年始赴調遂寧府之蓬溪縣尉，監資州資陽縣酒稅，爲果州、榮州掾。紹興二十七年起居郎趙逵舉儀鳳稱其「富有詞華，恬於進取」。尋除諸王宮大小學教授，改國子監丞，遷秘書丞、禮部員外郎、紹興三十二年兼國史院編修官，隆興元年兼權秘書少監，乾道元年權兵部侍郎。〔註449〕王十朋在秘書省及國史館，嘗與儀鳳同事。〔註450〕先前十朋爲幕職於越，亦有二年與儀鳳同官，昔年乃王劉交游之始也。〔註451〕

儀鳳在朝十年，每歸即閉門戶，客至，無論親疏皆不得見，於政府累月始一上謁，人怪其傲。俸入，半以儲書，凡萬餘卷，國史錄無遺者。御史張之綱論儀鳳錄四庫書本以傳私室，遂斥歸蜀。乾道三年輔臣奏復職，起知邛州，未上，改漢州、果州，罷歸。淳熙二年十二月卒，年六十六。〔註452〕

《宋史》云：「儀鳳頗慕普人簡傲之風，不樂與庸輩接。」查梅溪集知與儀鳳往來者有劉望之、胡銓、查籥、周時，皆十朋之至友也。十朋有「贈韶美」詩云：〔註453〕

西南有佳士，岷峨秀胸中。標高語更妙，寫出岷峨容。

青天道路難，冥冥慕蜚鴻。翩然下人間，海闊洪濤舂。

尋幽入禹穴，杖屨誰相從。萬卷蟠腹笥，一榻眠禪叢。

〔註449〕《宋史》卷三八九；又《南宋館閣錄》卷七、卷八；又宋會要輯稿頁2126、頁2513。

〔註450〕梅溪後集卷七「用登和樂樓韻、酬胡邦衡送別兼簡劉韶美秘監」，頁302。

〔註451〕梅溪後集卷五「再用前韻贈韶美」，頁288。

〔註452〕《宋史》卷三八九。

〔註453〕梅溪後集卷五「次韻韶美送劉夷叔二詩之二」，頁288。

　　時來訪予語，自媿賢非戎。世態冷處薄，交情淡中濃。

　　去歲鑑湖別，分甘老岩松。行藏果誰使，離合情無窮。

　　田園有深約，耘籽當自充，異時甌蜀間，林下見兩翁。

此詩不僅論及兩人濃郁之交情，兼述兩人平生之志趣。

　　儀鳳在兵部侍郎職，十朋作詩乞求去職，云：「故人少借論思口，放我山林作散人。」。〔註454〕

　　然，不久，儀鳳罷歸蜀地，而十朋郤思出夔，雙方俱感官場瞬息萬變，十朋送韶美過夔州有詩云：「人生一笑難開口，世事多端合掩扉。」，〔註455〕又云：「秉燭莫辭頻把酒，揮毫未免各憂時，可憐艶灑雙蓬鬢，會合無多又別離。」〔註456〕

　　儀鳳歸蜀，舟至狼尾灘，失舟壞書籍，〔註457〕儀鳳「許身如蠹魚，文字共生死」且為書籍「風流反得罪」，去國正此事，自不免「痛惜到骨髓」，顧其「罪已不罪水」，實堪為藏書者楷範矣。〔註458〕儀鳳易任廣漢，十朋猶有賀詩云：「為郡人生貴，還鄉畫錦榮。」〔註459〕然十朋已極不欲治郡，而儀鳳得郡後亦罷去，俱是桑榆晚景，均思安享餘年矣。

四十一、潘先生（潘翼、潘雄飛）

　　「祭潘先生文」者，乃梅溪集中最可感人篇章之一，如石投水，讀之令人激動難止，文雖云潘先生之迍邅坎軻，實亦十朋未仕前之心語。

　　潘先生，或疑其為潘翼；潘翼者，見諸《宋元學案補遺》卷四十四，文云：「潘翼字雄飛，其先自青田徙樂清。貫穿諸子百家，凡禮

〔註454〕梅溪後集卷十二「寄劉侍郎韶美」，頁341。

〔註455〕梅溪後集卷十二「韶美歸舟過夔留半月，語離作惡詩二章以送」之二，頁345。

〔註456〕同右詩之一。

〔註457〕梅溪後集卷十二「劉韶美至巫山寄詩因次其韻」，頁344。

〔註458〕梅溪後集卷十二「次韻韶美失舟悶書」，頁345。

〔註459〕梅溪後集卷十四「聞韶美侍郎易任廣漢」，頁357。

樂制度，傳注箋疏、雜說靡不淹通；明天文，作星圖證驗；著九域，賦山川里道若親歷括隱；僻字補注，篇韻遺漏；辨爾雅本草名物，訓釋舛誤；尤工古文。王梅溪自少從游，每歎不能竟其學，後將編次其書，刻之泉南，會召不果（溫州府志）。

　　梅溪集云潘先生（號鶴溪先生，家居鹿巖）懷才迗邅，而老困文場，身世堪怨。潘先生聚徒明慶院，兩歲之間屢次遷移，後得懺院一隅，諸生稍得安定，而先生仍無託宿，遂寄榻僧房安身。〔註460〕於春晴花暖賣餳天，係人間寒食節，潘先生逆旅中過節愁上加愁，〔註461〕其因乏人力薦舉，不得展伸凌雲未央之志，終使春情緒如亂雲糾葛。〔註462〕潘先生淹徊樂清縣二十餘年，主盟是邑，終帳是黨，作育英才無數，然投老西遊，大小戰皆創敗鎩羽，一如十朋，十朋作「過萬橋哭潘先生」詩（時為紹興二十一年，觀詩意潘氏已亡故）云：

　　　　投老西游志不成，死生貧賤見交情〔註463〕
殆哭潘氏而自哭也。

　　潘先生之才華究竟若何？十朋云：
　　　　先生之文也，浩乎如韓愈之無涯。先生之才也，飄然如謫
　　　　仙之不群。弄翰染墨也，李義山之險怪。綵章繪句也，庾
　　　　開府之清新。蕭瑟乎東野之寒；寂寞乎原憲之貧；鬱鬱乎
　　　　鄭廣文之坎軻；栖栖乎杜陵老之酸辛。……〔註464〕

蓋十朋以韓愈、李白、李義山、庾信諸人之才華稱許潘先生，而潘先生之文能否有無涯之肆，人品能否具不群之風，書畫能否布局險怪，章句能否清新出塵，今缺潘先生之作品不可論斷也哉，然非常之人非常之才固可知矣。十朋又以孟郊、原憲、鄭虔、《杜甫》之

〔註460〕梅溪前集卷二「寄潘先生」，頁82。
〔註461〕梅溪前集卷三「次韻潘先生寒食有感」，頁84。
〔註462〕梅溪前集卷二「次韻潘先生暮春感懷見寄」，頁82。
〔註463〕梅溪前集卷四「過萬橋哭潘先生」，頁94。
〔註464〕梅溪前集卷十八「祭潘先生文」，頁194。

窮蹇酸辛、才豐命嗇狀潘先生之淒涼，令人豈不感慨造化弄人，然而尤有憤恨不平者，潘先生謝世後竟然「蓋棺無慟哭之賓」，〔註465〕生前闍梨不借上舍，〔註466〕亡後無一賓弔唁，人生至此寧可無尤無悔？幸有子嗣可託（其子潘岐哥），〔註467〕又有門生播譽，眞不幸之萬幸也耶！

四十二、王師心（王與道）

　　王師心，字與道，金華人。政和八年（疑重和元年之誤）進士，初爲海州沐陽縣尉，知福州長溪橋，皆有治績，民便安之。後累官江西、湖北、浙東安撫使。秦檜死，入爲侍讀，其諫帝王以爲史之用在觀得失究治亂。乾道初，以顯謨閣學士提舉江州太平興國宮，旋以左朝奉大夫致仕，五年卒，年七十三。諡莊敏。〔註468〕

　　紹興二十八年王師心知紹興府，轄地含會稽等地，十朋曾二年仕紹興幕府，〔註469〕最蒙師心青眼之知。〔註470〕師心初到任，時值會稽連歲災荒頗遭颶風淫雨之苦，十朋奏請優先訪問。後師心遷吏部尚書；十朋又奏齋宮頻年修建，官以希圖僥倖恩賞，易妄生事端，請爲皇上言之。此二事俱見十朋之敢言，而師心之倚信也。無怪乎十朋嘗代師心上奏十數箚子，〔註471〕又代作「顯仁皇后挽詞」三首，〔註472〕十朋仕路之順遂，師心當爲一大臂力者也。方其時，

〔註465〕同第 98 頁註 464。
〔註466〕同第 97 頁註 460。
〔註467〕梅溪前集卷一「潘岐哥」，頁 74。
〔註468〕汪應辰《文定集》卷二十三頁 277「顯謨閣學士王公墓誌銘」。
〔註469〕梅溪後集卷二十二「與安撫王閣學師心」，後集卷二十五「與王安撫」，後集卷四「府帥王公中秋宴客蓬萊閣分茶賞月于清白亭，某以幕僚與焉，坐上成二絕」。又汪應辰《文定集》卷二十三「顯謨閣學士王公墓誌銘」。
〔註470〕梅溪後集卷二十八「祭王尚書文」，頁 482。
〔註471〕梅溪前集卷奏議卷五「代越帥王尚書待罪狀」等十數箚子，頁 49～53。
〔註472〕梅溪後集卷四「顯仁皇后挽詞：代安撫王尚書」，頁 286。

十朋初入仕途，雖云「白髮青衫老幕官」，〔註473〕然仍欲「乘風去，不怕瓊樓玉宇寒」，〔註474〕是故梅溪集中錄有王師心舉薦十朋任四條旨揮，而十朋謝以「待以國士而報以國士，敢忘知己之恩。」，〔註475〕足見師心支柱之功。

四十三、汪應辰（汪聖錫）

汪應辰，字聖錫，信州玉山人。紹興五年進士第一人，時年甫十八。初授鎮東軍簽判，以歷練養材，後召爲秘書省正字。時秦檜主和議，應辰上疏謂：「……願勿以和好之可無虞，而思患預防，常若敵人之至。」故忤秦檜，出通判建州，遂請祠以歸，後三任主管崇道觀。

張九成謫邵州，交游皆絕，應辰時通問。丞相趙鼎死朱崖，扶喪過郡，應辰爲文祭之，險爲檜所害。檜死，明年召爲吏部郎官，後除秘書少監，遷權吏部尚書。轉權戶部侍郎兼侍講，斯時朝中大典禮多應辰所定。

此後應辰以敷文閣直學士爲四川制置使知成都府；時有謂蜀中綱馬驛程由梁、洋、金、房，山路峻險，宜浮江而下，詔吳璘措置。執政，大將皆主其說，應辰與夔帥王十朋力言其不便，遂得中止。應辰於蜀，凡寬稅、救荒、惠政極夥。逮劉拱拜同知樞密院事，進言被召還。旋除吏部尚書，尋兼翰林學士并侍讀。應辰方正直，敢言不避，在朝多革弊事，中貴人皆側目，遂以端明殿學士知平江府。因韓玉被旨揀馬，過郡，應辰簡其禮，被譖，連貶秩，遂力疾請祠，自是臥家不起矣，以淳熙三年二月卒于家。〔註476〕

應辰與十朋公私交誼敦篤。十朋云：「某人館之初，侍郎丈以先達

〔註473〕梅溪後集卷四「府帥王公中秋宴客蓬萊閣分茶賞月于清白亭某以幕僚與焉坐上成二絕」，頁285。
〔註474〕同第100頁註474。
〔註475〕梅溪後集卷二十二「謝王安撫」，頁421。
〔註476〕《宋史》卷三八七汪應辰條，頁11876，鼎文本。

儒家為蓬萊主人，遂獲朝夕趨隅以聽博約，重辱顧遇不後同輩，臨行又蒙餞別之寵，晚進不才，何以得此。……」〔註477〕其後十朋過宛陵陪汪樞密登雙溪閣疊嶂樓，游高齋，望敬亭山，誦謝元暉、李太白詩。……〔註478〕十朋因作詩遺有「雙溪風月壺觴裏，疊嶂煙霞几案間」〔註479〕之佳句。且汪氏嘗薦舉九人，十朋與焉。〔註480〕是後十朋亦屢奏興革事，皆經由應辰轉奏，如用人「不以過而廢才」〔註481〕之類云云，凡此足證二人故交深厚。甚而，十朋丐祠仍託應辰早賜一言，以善去而乞保全忠臣。〔註482〕

四十四、陳揆（陳大監）

　　陳揆，字大監，穎川人。〔註483〕斯人「詩章翰墨兩奇絕，筆下一字無塵埃」，〔註484〕賢才之屬也。其為奇人，樂善好獎掖後進，乃王十朋之知己。〔註485〕閱梅溪集中諸詩篇，揆似非有居官，僅地方搢紳耳，然其於十朋四、五十歲間之影響至鉅。紹興二十七年十朋赴試，高中榜首，在旅中，蒙揆青眼有加，並經指導詩文，使茅塞頓開，十朋作詩曾載錄此事云：

　　　　平生漫學乎歟哉，心茅胸棘鋤不開，得公新詩一再讀，便
　　　覺胸宇清無埃。銀勾妙畫發光艷，照眼有如參與魁，鯫生
　　　肺腑非太白，公似工部尤憐才，旅中屢獲錦繡段，但媿欲
　　　報無瓊瑰。豫章一榻不妄下，賢非徐儒安敢來，荷公此意
　　　最敦篤，一笑當奉論文杯。鄉心如飛不可過，更為長者遲

〔註477〕梅溪後集卷二十四「與汪侍郎」，頁441。
〔註478〕梅溪後集卷十五頁373「過宛陵陪汪樞密登雙溪閣疊嶂樓……」。
〔註479〕同第101頁478。
〔註480〕梅溪後集卷十五「離宣城天色陰晦望郡山不見，樞公和詩見寄，復用前韻」之注文，頁374。
〔註481〕梅溪後集卷二十五「與汪侍御」，頁451。
〔註482〕梅溪後集卷二十五「與汪侍御」，頁451。
〔註483〕梅溪後集卷二「次韻陳大監揆見贈」，頁266。
〔註484〕梅溪後集卷二「陳大監用賞梅韻以贈依韻酬之」，頁266。
〔註485〕同第101頁註483、註484。

遲回。〔註486〕

十朋感恩之殷，溢於言表。後十朋奉旨欲東出爲官，陳揆以酒餞別，酒闌仍未放客，十朋謝以詩云：「……西來頻下豫章榻，盛事當作還鄉夸；始終尙賴公鞭策，邪正途中知所擇。……」。〔註487〕此處現出後生受教謙和之心，確可感人也。揆嘗勸勉十朋爲詩毋要趨時，頗啓發十朋文學觀念，此於時人中極爲難能可貴矣。

四十五、趙伯術（趙可大）；莫濟（莫子齊）；莫濛（莫子蒙）

紹興二十七年十朋在越爲越帥王師心幕僚，而幕府游從極盛，〔註488〕趙伯術時官察推，莫濟時官官教授皆與十朋相互往來。〔註489〕

趙可大，爲人襟宇瑰奇，紹興二十八年遷往浙西，十朋云：「西風莫作鱸蓴戀，越國江山日要詩」〔註490〕乞彼毋忘寄詩。旋十朋又和趙可大四絕有「索句搜腸撚斷鬚」句，殆二人俱以作詩爲亦苦亦樂之事耶？另句「與君共被浮蝸誤，不似淵明早見機」，〔註491〕豈趙氏也有不如歸去嘆語乎？

莫濟，吳興人，紹興十五年進士。莫氏在越與十朋同游西園，〔註492〕共赴會稽三賢祠，〔註493〕友情可知。莫氏復中紹興二十四年博學宏詞科，於會稽三賢之來歷，即其告知十朋者，見學博不虛。

莫濛，字子蒙。湖州歸安人。兩魁法科，累官爲大理評事，屢釋疑獄。朝廷遣濛措置浙西、江淮沙田蘆場，受謗不輕。嘗除湖北轉運判官，〔註494〕十朋銘其堂曰義堂，〔註495〕取以義理財之用意。十朋

〔註486〕梅溪後集卷二「大監復贈詩，紙尾有留飯語，再用韻以謝」，頁266。
〔註487〕梅溪後集卷二「陳大監餞別用前詩珠宇韻以謝」，頁267。
〔註488〕梅溪後集卷三「送趙可大如浙西」，頁274。
〔註489〕梅溪後集卷三「上丁釋奠，備數獻官，書十一韻，呈莫子齊教授、趙可大教授」，頁271。
〔註490〕同第102頁註488。
〔註491〕梅溪後集卷三「和趙可大四絕」，頁277。
〔註492〕梅溪後集卷二「同莫教授朱縣丞朱司理游西園」，頁270。
〔註493〕梅溪後集卷二「會稽三賢祠詩并序」，頁271。
〔註494〕以上見《宋史》卷三百九十莫濛條。

返鄉鄉心頗切，離華容而宿孟橋，濛則斫鱠羹蕈薦杯，並借以八百料船，使可鼓楫而西歸。〔註496〕莫氏忠心任責不避嫌怨，故能與十朋投緣。以上三人交游言行，皆有以左右十朋行事者矣。

四十六、林季任（林明仲）

林季任，字明仲，鄞縣人。〔註497〕昔日（紹興三十一年）季任自鄞江梅嶼挐舟招十朋、丁道濟（丁康成）、丁道揆、張思豫（張孝愷）同飲，而季任有別館在郡治城南，十朋假之踰月，故而彼此清談屢相伴，對酒同眾山，情意親近。〔註498〕

季任，鐵硯磨穿，官止主簿，疑係十朋昔日泮宮之同舍友。〔註499〕其人「齡德尊鄉黨，胸中有古今」，〔註500〕所為詩文筆力豪健，〔註501〕贈十朋以品題詩，而十朋曾贈以蒲墨。〔註502〕梅溪、梅嶼去不遠，祇因各奔官途，昔日城南之遊難再逢。十朋詩云：

> 憶昔相逢未白頭，別來歲月迅如流。
> 自從江左分符去，長念城南載酒遊。
> 君似老松姿耐雪，我猶弱柳葉經秋。
> 梅溪梅嶼不相遠，歸去定乘尋戴舟。〔註503〕

城南之游，乃泮宮舍友五人共約「莫緣富貴負林泉」，時季任已五十

〔註495〕梅溪後集卷二十七「曰義堂銘」，頁466。

〔註496〕梅溪後集卷十「莫漕以尊羹薦杯」、「朝離華容莫宿孟橋，小店甚陋，得莫漕子蒙書，以八百料船見借，遂可鼓楫而西矣」，皆頁329。

〔註497〕梅溪後集卷七頁305酬林明仲寄書并長篇及卷十九頁398林主簿明仲挽詞。

〔註498〕梅溪後集卷五頁292「林明仲自梅嶼挐舟招丁道濟、道揆、張思豫及予同飲，索詩，坐間成六絕，七月朔日」及後集卷十九「林主簿明仲挽詞」之三，頁398。

〔註499〕梅溪後集卷十九「林主簿明仲挽詞」之二及後集卷五「林明仲自梅嶼挐舟招……同飲……」之二「右懷舊游」。

〔註500〕梅溪後集卷十九「林主簿明仲挽詞」之一，頁398。

〔註501〕梅溪後集卷七「酬林明仲寄書并長篇」，頁305。

〔註502〕梅溪後集卷七「寄蒲墨與明仲」，頁307。

〔註503〕梅溪後集卷十六「次韻林明仲見寄」，頁376。

六歲，而十朋亦年五十矣。〔註504〕

四十七、薛伯宣（薛士昭）

薛伯宣，字士昭，永嘉人。〔註505〕疑伯宣乃薛季宣之兄，十朋與與伯宣於紹興十七年祥符（河南省開封縣）一地初識面，至重會時已過二十二年（至乾道五年），十朋已老而伯宣尚值壯年，時伯宣將歸家鄉，故令十朋鄉心再動。〔註506〕

此番重逢彼此「問政論文兩不疑」，〔註507〕且伯宣出示清新俊逸之詩百篇。相聚雖不多日，伯宣乘機夜游東湖，遇雨沾濕，然意氣猶自若也。〔註508〕

伯宣曾官福唐主簿，十朋游至福唐時，曾拜會而於試院〔註509〕飲酒賦詩，且伯宣母夫人受朝廷加封錦誥，十朋嘗亦送酒祝壽。後伯宣返溫州，遠寄「寸金魚子」及「溫柑」，益使十朋耽懷故鄉。〔註510〕

宋會要載伯宣官職至荊湖北路提舉，為人危言危行，乃君子人也。十朋與伯宣論文詩篇有往來，彼此詩風當互感，是可知者也。

四十八、周汝能（周堯夫）

周汝能，字堯夫，會稽人。〔註511〕周氏家剡山之陽，有雙谿之

〔註504〕梅溪後集卷五頁 292「林明仲自梅嶼拏舟招……同飲」之三「右贈諸公」。

〔註505〕梅溪後集卷十七「至福唐會鄉人丁鎮叔、張器先、甄雲卿、顗用中、趙知錄、薛主簿、同年孫彥忠草酌試院」題中薛主簿即薛伯宣，乃十朋鄉人也。又後集卷十九「薛士昭寄新柑分贈知宗、提舶，知宗有詩次韻」詩云：「書後誰題字，鄉人遠寄柑。……命名聊別偽（注文云：溫柑號真柑）……」則薛伯宣溫州人可知。

〔註506〕梅溪後集卷十八「送薛士昭」之二，頁393。

〔註507〕梅溪後集卷十八「送薛士昭」之一，頁392。

〔註508〕梅溪後集卷十七頁 388「游湖夜雨，薛士昭衣巾霑濕，意氣自若，戲用前韻」。

〔註509〕梅溪後集卷十七頁 382「至福唐會鄉人……薛主簿……草酌試院」。

〔註510〕梅溪後集卷十八「士昭贈寸金魚子」及後集卷十九「薛士昭寄新柑，分贈知宗、提舶；知宗有詩次韻」，頁 391 及 397。

〔註511〕《宋人傳記資料索引》，鼎文本第二冊頁 1473「周汝能」條。

勝，有岩桂數百根且香氣馥郁，因之廣廈風景並為當地之冠。紹興二
十六年冬，十朋過剡，與汝能把酒周府之天香亭。明年二人均高中進
士，為同年友。〔註512〕

　　昔日十朋未及第，汝能贈以睡香，十朋移植於梅谿廬畔。〔註513〕
汝能家有碧梧軒，十朋題詩云：

　　　開軒種梧高幾尺，鳳兮鳳兮聊爾息；
　　　莫羨風微燕雀高，一飛定展沖天翼。〔註514〕

後十朋為官之暇，泝婺溪，周堯夫拏舟來迎，然隔船不敢認，因十朋
已白髮滿生矣。〔註515〕汝能任官婺女，婺女廣文官舍原植五柳，因
歲月浸久，早被伐去，汝能復種之，舊日規模遂得完整，十朋曾作詩
稱讚之。〔註516〕

　　呂東萊舊所藏程氏易傳，本出尹和靖家標注，皆和靖親筆，復得
朱元晦所訂，讎校精甚，汝能與樓鍔遂合尹氏朱氏書，參定同異，刊
諸學宮，時汝能值官婺州教授也。〔註517〕

四十九、王十朋與學生

　　梅溪前集梅溪題名賦自序言凡八年間所收學生共一百二十人。而
賦文之注又言「予癸亥秋闢館聚徒薦從者十人，至庚午歲通數之凡一
百二十二人」，則十朋所收徒總數約在一百二十二人也。今顧賦之所錄
學生姓名及字號僅存一百一十人。則一篇題名賦竟有三種說法，頗滋
生疑惑。今總檢梅溪前後集覓得學生有名姓者多於一百二十二人，則
綜上所述，可歸納為梅溪生徒總數（庚午前後仍有收徒）不止於一百
二十二人，云一百二十人者取其整數焉耳，又云百一十人者為文作賦

〔註512〕梅溪後集卷二十六「天香亭記」，頁454。
〔註513〕梅溪後集卷四「次韻周堯夫贈睡香」，頁282。
〔註514〕梅溪後集卷四「寄題周堯夫碧梧軒」，頁286。
〔註515〕梅溪後集卷十六「泝婺溪同年雍堯佐、周堯夫同王與道尚書子姪拏
　　　　舟來迎」。
〔註516〕梅溪後集卷十六「婺女廣文官舍舊有五柳，……歲月浸久，柳既剪
　　　　伐，名亦更矣。周堯夫欲復其舊，詩以贊之。」，頁380。
〔註517〕《宋元學案補遺》卷五十一頁34（四明叢書本）。

故也，不當斤斤計較者也。然又有介於友、生之間者尙不在算計中焉。

王梅溪生徒泰半來自梅溪附近之慕游者，〔註 518〕亦有十朋鄉黨姻戚之子弟。〔註 519〕十朋視生徒如朋友，如「乙丑冬罷會呈諸友」詩云：

> 繆意開家塾，微才愧斗筲。雖逃有若吚，寧免孝先嘲。尙
> 賴知心友，能全耐久交。殷勤惜別意，終日在梅梢。〔註 520〕

十朋曾與學生約爲黃巖三友（指余如晦、鄭遜志、施良臣），足見師生私交篤厚。十朋遇閒暇常與學生同游；如觀水記所云同游巨溪者十有二人；〔註 521〕又如與學生重九日把酒作文字飲，聚會於會趣堂者十九人，〔註 522〕凡此之倫見十朋悠游友生心志之一端。

梅溪帳下之高徒，十朋自云「以才名稱者十餘輩」又云：「萬子庠中鄉選，徐子大亨中國學選，吳子翼中同文館選」，〔註 523〕則梅溪門下才士已匪鮮，繼此之後又有陳元佐、陳獻可、宋孝先、萬孝傑、夏伯虎、周仲翔、萬大年、羅少陸、茹履、鄭遜志〔註 524〕諸子均曾

〔註 518〕 梅溪前集卷四「張施二生自黃岩挐舟送別于台城，贈以二絕」注云：「施生將過梅溪從吾弟夢齡游」，類此四方奔赴十朋絳帳者夥矣。又前集卷四「己巳梅溪同舍三十人，其九人者游從之舊也，酌別之夕獨五人在焉。」又卷十七頁 182「送吳翼萬庠赴省試序」此二則見朋友以年老而推以師席，故執卷而從。

〔註 519〕 梅溪前集卷四「己巳梅溪同舍三十人……」其中李大鼎乃表兄之子（疑李克明之子）；又萬大年係表弟亦在生徒之列；萬序、萬庠乃妻黨姻族；余諧、余璧乃表叔余葭之子。謝任之乃鄉先輩之孫。凡此皆鄉黨姻戚之後來游習者。

〔註 520〕 梅溪前集卷三「乙丑冬罷會呈諸友」，頁 86。

〔註 521〕 梅溪前集卷十七「觀水記」，頁 185。

〔註 522〕 梅溪前集卷五頁 96「九日飲酒會趣堂者十九人……因用贈林知常韻示諸友」、「九日把酒十九人，和詩者數人而已……」、「再用前韻述懷并簡諸友」等。

〔註 523〕 梅溪前集卷十七「送吳翼萬庠赴省試序」，頁 182。

〔註 524〕 梅溪前集卷五「陳獻可、宋孝先、萬孝傑、夏伯虎和詩復用前韻」；又前集卷四「寄萬大年」；又前集卷十八「代諸生祭周仲翔母文」、「代諸生祭周仲翔父文」；又前集卷三「送羅生少陸」；又前集卷三「送茹生履」；又前集卷五「壬申中秋交朋解散，不期而會者鄭生遜志、夏生伯虎，因小飲翫月，二子各以詩贈，依韻酬之」；又後

前赴秋闈，惟尙不見有高中者，是可惜哉。而後門生宋孝先以經魁南省，歷知臨海、奉化等縣，通判信州，以朝散郎致仕。

　　諸生與十朋交游友善，今舉集中常見者略而述之：

　　甲、陳元佐（希仲）

　　元佐，永嘉人，與十朋交游數十年。元佐之父爲人樂善重詩書教化，督子有功，使早蜚俊聲。所可憾者，元佐千里西征，且游四明赴虞庠春榜並徒勞無功。〔註525〕

　　乙、宋孝先（舜卿）（後改名宋晉之）

　　孝先，樂清人。爲學經術有根蒂，專深周易，而詞源浩瀚，下筆驚人動輒千萬言。爲人好學有雅志，個性溫和樂善，能拳拳服膺。十朋老喪幼子，曾錄古律詩數十篇名自寬集，聊以遣懷，而孝先讀之，譽爲韓柳之作，且以十韻爲跋後，茲十朋之畏友也。〔註526〕生於靖康元年，卒於嘉定四年，有梓坡集，然今不見傳世。

　　丙、周仲翔，秀目疏眉，天姿秀偉，汝南人。

　　昔仲翔妙齡來游梅溪（紹興十四年至十九年），與十朋相交至少十數年；後十朋幼子孟丙早逝，次子孟乙病重，賴有仲翔協助營救，方度難關，是以其後十朋聘其爲西席嚴誨孟甲、孟乙二子，乃十朋難中至友。〔註527〕

　　丁、鄭遜志（時敏）

　　　　　集卷四「送陳元佐游四明」前集卷十八「代諸生祭陳元佐父文」。
　　　　　頁次分別爲96、89、196、86、95、282、196。

〔註525〕梅溪後四「送陳元佐游四明」、後集卷六「送陳元佐游劄」、前集卷十八「代諸生祭陳元佐父文」、前五「右贈陳元佐、劉士宗」、前五陳元佐和詩贈以前韻、前八「陳希仲贈山茶」。頁次分別是282、297、196、98、96、112。

〔註526〕梅溪前集卷四「別宋孝先」、前集卷五「宋孝先示讀自寬集，復用前韻」、前集卷五「陳獻可、宋孝先、萬孝傑、夏伯虎和詩復用前韻」頁次分別是91、97、96。

〔註527〕梅溪前集卷十八「代諸生祭周仲翔母、代諸生祭周仲翔父」、前集卷四「己巳梅溪同舍三十人……周仲翔」、「周仲翔和詩贈以前韻」，頁196及90。

遜志，台州黃岩人，襟宇絕塵埃。從十朋游較晚，又匆匆而別。但別後依舊與十朋文字游從也。〔註528〕後為十朋母夫人求墓誌銘於太學博士王之望，此後仍與十朋游。

戊、夏伯虎（用之）

伯虎，溫州人，心慕顏回，胸富文墨，從十朋游。紹興二十年與十朋觀水於梅溪之南巨溪是也。〔註529〕

己、謝與能（任之）

十朋七歲從與能之祖父游。而梅溪闢館，與能卻來游，而後二十年二人又曾會聚，仍有交情。〔註530〕

庚、謝鵬（圖南）

鵬曾三年從遊梅溪，往往燈火讀至深夜，有鴻鵠四方之志。十朋自剡中歸，曾宿石佛摩雲閣，與鵬同行，又至白若大遇水，迂從石門渡，賴鵬協助始過惡途。〔註531〕

辛、李大鼎（鎮夫）

十朋表兄李克明之子。其「學問如馳馬，著鞭殊未已」。嘗於家闢圃築堂，堂名雙植，供其養親杖履日涉之居。〔註532〕

壬、萬椿（大年：交游詳情見前篇）

類似上述九位與梅溪厚交之弟子仍多，於梅溪未顯達之前頗能敎學相益文字唱和者也。

〔註528〕梅溪前集卷四「送黃岩三友──鄭遜志」、前集卷十七「觀水記」、前集卷五「鄭遜志、胡叔成、謝鵬、劉敦信、萬廓、鄔一唯和詩，復用前韻」、前集卷五「任申中秋交朋解散，不期而會者鄭生遜志……依韻酬之」。頁次分別是91、185、97、95。

〔註529〕梅溪前集卷五頁95「壬申中秋交朋解散，不期而會者……夏生伯虎……」、前集卷五頁九六「陳獻可、宋孝先、萬孝傑、夏伯虎和詩復用前韻」、前集卷十七「觀水記」。

〔註530〕梅溪前集卷十七頁185「觀水記」、梅溪後集卷七頁307「送謝任之」。

〔註531〕梅溪前集卷四頁90「己巳梅溪同舍三十人……謝鵬」、前集卷十七頁185「觀水記」、前集卷六頁104「宿石佛」、「白若過水以小舟從石門渡……」、前集卷五頁97「鄭遜志……謝鵬……和詩，復用前韻」。

〔註532〕梅溪前集卷四頁90「己巳梅溪同舍三十人……李大鼎……」、後集卷六頁294「李鎮夫闢圃築堂效孟氏之養，吾表兄杖履其間……」。

附錄：梅溪學案圖

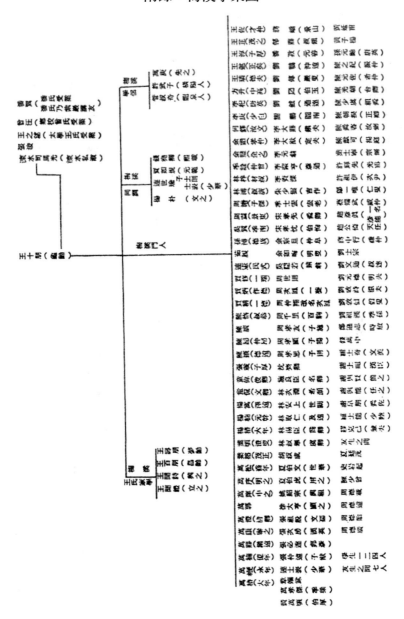

資料來源：宋元學案、宋元學案補遺、梅溪詩文集

五十、王十朋與僧道

十朋之叔父出家爲僧，法號寶印，與十朋交往密切。而十朋之舅公賈處嚴亦自少出家明慶院，師事知性，傳天台宗，與名儒蘇軾等交遊，後乃寶印之法師也。因有斯二層因緣，十朋性喜接近佛緣。而況，鄉邑盛傳其即舅公賈氏（法號潛澗）之再世（前集卷十九記人說前生事），十朋雖不之信，又寧免俗見附會耶？

今檢梅溪集之詩文，有論及僧道及佛寺者約九十餘篇，此尚且不概括與寶印師唱酬之二十五篇及青詞、疏文、祝文之屬，故於梅溪集總作品二千五百餘篇中亦佔有相當之地位，足以影響十朋作品之風格與人生觀，吾人焉可棄此而不論？茲分數點討論之：

甲、喜結僧緣

名山所在多寺宇，是故登山遇寺應有僧；人若有情，無所不留情，於僧、道又何能免。十朋梅溪集言及結緣者錄載於左，可見因緣之一斑。

三宿靈峰不爲禪，茶甌隨分結僧緣。（前集卷三，題靈峰之三，頁87）

觀頌思元老，游庵憶舊禪。匆匆一宿客，未盡滌塵緣。（前集卷三，宿黃岩妙智院，頁86）

我昔居鹿巖，時來潛澗游。西坡訪覺老，終日爲遲留。（前集卷二，寄僧覺無象，頁79）

疊石峰前二老僧，相逢一笑見眞情。（前集卷六，倬演述二老僧，頁105）

賓主相逢意良厚，永嘉縫掖永嘉禪。（後集卷二，萬年贈鄉僧賁老，頁269）

我昔題詩已推許，兩處相逢不曾語。子今此行眞得師，掃除妄想叩深機。我待衣冠掛林下，遲子歸來話瀟灑。（後集卷三，送僧游徑山，頁274）

語言文字眞吾病，喜共維摩大士游。（後集卷十，贈訥老，頁324）

題詩況有詩僧和，深喜盧山得勝游。(後集卷十，勝書記蜀僧
也用贈訥老韻酬，頁 324)

禪老遙從九座來，一言爲我洗塵埃。(後集卷十七，送九座訥
老，頁 383)

見師忽起盧山夢，夢向舊時游處游。(後集卷十七，送九座訥
老之二，頁 383)

林泉欲共高僧老，事業未容吾輩閑，準擬他年掛冠後，飄
然杖履白雲間。(前集卷八，明慶院上方，頁 112)

顏范遙同異代心，琳宮香火道緣深。(後集卷八，降聖節詣天
慶觀，頁 310)

乙、雅愛靜修

讀書之人處未獲名利之時偏好名利，爲斯所苦；既得名利，又欲
擺脫名利枷鎖，再爲茲所苦，職是之故，當名利心起伏之際輒爲覓一
妥切思路，乃藉禪林靜修。十朋爲清名利心，爲分辨儒、釋、道亦常
僧道往來，而尋求答案。

出家方外人性善清靜，且雅好鮮花供奉，常培植名花異種。十朋
與之交往，往往心性得以恰養。上述二事，今皆略舉數條以明之。

高談窮古今，滿坐風生秋。令我名利心，一聽渾欲休。

(前集卷二，寄僧覺無象，頁 79)

學通儒釋浩無邊，江浙聲名二十年。見說胸中有論語，欲
從師向此參禪。(後集卷二，萬年贈鄉僧賣老，頁 269)

……官舍厭卑濕，僧盧訪清幽。……鑑湖倘容覓，杖履時
來游。(後集卷四，薛師約撫幹……，頁 283)

參禪得味鹹靈淡，學道忘憂苦筍甜。石鏡與時爲顯晦，湯
泉涉世有涼炎。(後集卷十，歸宗樞老……，頁 327)

難弟難兄漢二龔，袈裟縫掖各清風。淵明已遂歸田願，蓮
社行將訪遠公。(後集卷二十，送潛老……，頁 405)

……桑下不留戀，急流猛抽身。我欲掛衣冠，歸歟遠公
親。……(後集卷十四，器純老，頁 360)

洞中大士半千身，住世端能了世因。應笑玉簫峰下客，馬啼長踐利名塵。（前集卷三，題靈峰之二，頁87）

……山中作堂侔月窟，禪定吟餘思清越。要令坐上生清風，須使心中似明月。（後集卷六，題月師桂堂，頁294）

珍重高人贈海棠，殷勤封植弊廬旁；……萬樹總含兒女態，一根獨帶佛爐香。……（前集卷七，郁師贈海棠，頁110）

……梅溪野老栽成癖，蓮社高人諾不輕。小小園林綠將暗，早移芳蕊看敷榮。（前集卷七，札上人許贈山丹花，頁110）

……高人好事栽蓮社，野叟移根植草堂。……（前集卷八，法燈俊上人惠杜鵑花，頁111）

……小園花疏煩題注，詩往花來未可忘。（前集卷八，同右）

……道人分得歲寒種，一洗梅溪憔悴容。（前集卷八，表兄璐挺二道人，頁109）

岩桂遙從禹穴來，天香全似月宮栽。金風淒峭飄龍腦，想見吾廬爛漫開。（後集卷三，龍瑞二道士贈岩桂，頁275）

丙、不棄儒教

雖說十朋親戚多人走入釋教，又為官難免祈雨祝禱而略涉道教，然而其儒教根深。絲毫未受變移。其一念向儒，不僅反映於一般詩文，且表達於與僧道酬和之作品，為闡釋此種觀點，吾人簡擇其作品以說明之。

……儒釋道不同，相從苦無由。……（前集卷二，寄僧覺無象，頁79）

……我亦筆頭為佛事，未應中國異西方。（前集卷八，次濟上人韻，頁112）

案：語雖云中國西方不異，實已指其有異也。

羨師得句侵澄觀，顧我談經媿叔重（叔重指後漢許慎）。（前集卷八，月上以拳石，頁112）

儒服方袍兩禿翁，兩家元是一家風；歸田我欲效元亮，結社師真如遠公。（後集卷十，宿東林贈然老，頁323）

案：此詩依然嚴別儒、釋。

> 淵明修靜不談禪，孔老門中各自賢。（後集卷十，蓮社，頁 324）

> 靈運本狂客，偶來蓮社遊。（前集卷八，題佛閣之二，頁 114）

> 休論摩詰與文殊，試把菴名扣大儒。君子於言端欲訥，賢
> 人終日只如愚。（後集卷十，題訥庵，頁 324）

> 道人身名兩俱槁，道其所道非吾道。（後集卷十五，道人磯，
> 頁 369）

> ……寶印師傳天台教于永嘉妙果院。未幾，有尼文贊來施
> 寶藏，潛澗師走介致書于越，命某記之。……某，書生也，
> 於佛學素否通曉，其將何説以發揚之。……抑嘗聞佛之為
> 教矣，其説惡貪而喜施，與吾儒同。……（後集卷二十六妙果
> 院藏記，頁 453）

丁、不迷信怪說

十朋早受儒教，淵源數十年，在梅溪設帳授徒，身教口訓絕不涉迷信，故雖於佛教因緣頗深，卻少受陰影。然其文集中有詞疏文十四篇，青詞一門乃道家之祈禱文也，常語涉不經，為儒家智者所不取，第十朋之措辭或以祈神宥救病人為文，或以至誠懷惠為文，無有違儒悖情者也。至於與僧道酬贈之詩，亦多懷感恩而不涉迷信也。左列數篇，斯可證前言不誤焉。

> 少和辛苦學飛仙，遺像今猶在洞天。都似先生能辟穀，何
> 須太守為行田。（後集卷六李少和像，頁 294）

> 臥草埋雲不記秋，忽然成佛坐岩幽。紛紛香火來求福，不
> 悟前時是石頭。（後集卷十八石佛，頁 394）

> 夢者誠之所形也。……陳君之夢可謂知其孝矣。彼有夢屍
> 得官，藏穢得財，心之所念者果何事？夢之所見者果何物
> 耶？與陳君之夢固有間矣。（後集卷二十六　夢庵記，頁 453）

> 遠公白蓮寺，旁有聰明泉。……堯舜不曾飲，聰明本諸天，
> 我輩雖飲之，聰明不知前。為愛此水清，一酌滌塵緣；卻
> 恐愚此水，愚名自今傳。（後集卷十　題東林聰明泉，頁 324）

> 予少時有鄉僧每見予，必謂曰：『此郎嚴伯威後身也。』……
> 叔父曰：『人言汝吾師也，文僅似之，字乃爾不同耶。』嚴
> 闍梨尤工筆札，予最不善書教也。……因作文寫字兩俱不
> 佳，媿而曰：嚴闍梨汝前生食蔬何多智，今生食肉何許愚
> 也。用記之。(前集卷十九，記人說前生事，頁 204)
>
> ……死生窮達端有命，予知之矣當安之。(後集卷七　術者謂
> 予命犯元辰，故每仕輒已。予笑曰有是哉？戲作問答語，頁 303)

總結上文，吾人知十朋親人有入佛道之門者，其與佛道淵源既深，端
能空靈其文，性情其修爲，至於荒誕怪奇之說，則斷然無作也。十朋
性情中人，樂施感恩，其於仙佛之辨或不能細分，而於儒教之心卻其
堅也。

附錄：梅溪同年及好友名冊一紙，容或有未及深論者，亦足資交遊之參考

（所錄人名之姓名、字號均以文集中出現者爲依據）

梅溪太學同窗

劉長方（豫章，鄉校太學同窗）

曹逢時（夢良，太學同舍）

萬庚（先之，上庠同舍）

喻良能（叔奇，上庠同舍）

芮煇（太學同舍）

芮燁（太學同舍）

陳文卿（上庠同舍生）

張戒（光大，太學同舍）

張湜（叔清，太學同舍）

周懋（太學同舍）

周世修（上庠八年同舍）

柴常之（上庠同舍）

陳損（太學十載同舍，稽山遊宦為上虞縣尉）

章季子（燈共庠序）

李元翁（太學同舍生）

姚梓（子才，太學同舍）

沈希皋（敦謨，瑞安人，泮宮舊友生）

梅溪同年仍年仍有來往者

雍堯佐

周汝能（堯夫）

周懋

閭安中（惠夫）

梁介（子紹）

王衜（夷仲）

孫彥忠（會稽人，曾仕越）

姚筠

師琛

曹逢時（夢良）

喻良倚（伯壽，喻良能之兄）

喻良能（叔奇）

黃文度（萬頃，福建永福人）

陸琰（倫琬，陸愷之孫）

陳登（同年中最善書法，疑即陳元龍）

陳元龍（溫陵相逢，乾道六年赴州官）

梅溪之友（取交深益學者）

周光宗（太學生，三世通家友）

劉義夫（林下友）

何逢原（希深，官提刑，詩簡往來）

賈一節（舊游）

姜大呂（渭叟，舊游，善詩）

劉政孫（鄉丈）

李梗（舊游）

林知常（故友，能文）

王大寶（元龜，永嘉守）

劉長方（故友，官司戶，常詩簡往來）

孫先覺（親戚）

陳德齡（陳忠肅公之孫）

汪養源

李伯時

龔茂良（史舘同事，清流楷範）

禪法師（道家，曾共游聯句）

月上人（佛家，善詩，能酬唱）

淨慧師（二十年之舊友）

訥老（方外游友）

純老（方外游友）

周德遠（故人）

周世修（上庠同舍生，剡溪人）

陳商英（號秀野翁，二十年前筆硯友）

陳商霖（故交號可叟，筆硯故友）

第二章 王梅溪詩文集版本考

第一節 梅溪集之沿革概況

　　南宋初年名臣王十朋之詩文，《宋史》藝文志記載王十朋作南游集二卷後集一卷（別集類），又作楚東唱酬集一卷（總集類），另於子類錄十朋作請禱集一卷、瑞象歷年紀一卷，頗類釋氏作品，疑非王十朋之作。南游集後集與楚東唱酬集今均亡佚。宋陳振孫《直齋書錄解題》嘗著錄梅谿集，但缺卷數。〔註1〕元馬端臨文獻通考經籍考著錄王氏梅溪集三十二卷、續集五卷，有劉珙序（朱熹代作），另著錄梅溪奏議三卷，此集外單行者（明朝天一閣書目亦載有奏議二本殘本）。總檢此時所見王氏作品僅三十五卷耳。張能鱗西山集存梅谿續集敘，然今不見所云梅谿續集之刊本。〔註2〕

　　朱子作梅溪集序稱譽王氏「光明正大磊落君子人也」，蓋朱子之善言也，惟朱子所見者即宋本梅溪集三十二卷也，此係初本。初本完成之年代，疑在十朋登第後，十朋自刊者也（約紹興二十七年以降，西元1157年）。而後，汪應辰龍圖閣學士王公墓誌銘載「梅溪前後集

〔註1〕陳振孫《直齋書錄解題》卷十八。
〔註2〕《溫州經籍志》卷二十，頁1215～1244，廣文書局本，書目三編內。

五十卷；尚書、春秋、論語、孟子講義皆指授學者未成書」此係十朋晚年自編本（案此五十卷本詩不采分體，後文唐氏徐氏等五十卷分體本與此無涉）。再後，梅溪之子王聞禮所編爲五十四卷，此爲定本（即今世流傳本之始本），時在紹熙壬子年（西元 1192 年）。斯本包含奏議四卷（宋單行本奏議三卷，此又增一卷），廷試策一卷，前集二十卷，後集二十九卷；設若視前五卷（廷試策及奏議）爲一全卷，或刪去奏議四卷（原係別行），則全書計卷爲五十矣。雖然，歷代學者屢爲梅溪集卷數之多寡而起爭辯，然無出五十四卷之外者也。

去王十朋二百餘年後，王氏家藏宋版版木毀壞，而黃岩士族蔡家有舊宋刻本。明正統五年（西元 1440 年）劉謙嘗據蔡家本子重刊（今重刊正統本已佚），重刊本有黃淮之序，而後，天順六年（西元 1462 年）又有補刊周琰之序之刻本，爲補刊序跋本，此本已有若干頁次經補刻，錯謬去宋本顯然，亦非劉本原貌，惟大體一致耳。清季曹秋岳喜藏宋元人文集，其靜惕堂書目所載有「王十朋梅溪集」，不著卷數。朱竹垞（朱彝尊）藏宋元人集，其潛采堂宋人集目錄箸錄「王十朋梅溪前集二十卷後集三十卷廷試策五卷，天順六年莆田周琰序『琰避清世宗諱』，〔註3〕十冊」，此本載後集三十卷，疑是將汪應辰之王公墓誌銘記入一卷，宜刪，後集實應爲二十九卷。果眞如此，則今日所見上海涵芬樓藏本後經上海商務影印者即似此本者也。查民國間上海商務書局據劉謙刊本影印，收入四部叢刊，凡三次，有四合一之式，其一本有中縫，其二本無中縫，內容大致無差，此上海涵芬樓藏本之影刊本，又據多本補正，是以此本較天順本尤佳。

第二節　梅溪集編次方式

《溫州經籍志》之編者曾闓釋梅谿集五十四卷之編次方法。其以

〔註3〕《避諱錄》卷一頁 3 清黃本驥編，新文豐叢書集成續編第五六冊（原在三長物齋叢書內）。

為前集共二十卷，詩十卷，採編年方式排纂，始於宣和乙巳（西元1125年），是年十朋十四歲，終於紹興丁丑春（西元1157年），是年十朋四十六歲，為登第以前作。另附和韓詩及詠古詩（疑詠史詩）各一卷，則詩共十卷，文亦十卷。文乃分體編次，與詩之編年不同。後集凡三十九卷，後集中詩有十九卷，亦採編年體，始於丁丑二月二十一日集英殿賜第詩，終於乾道庚寅自泉州奉祠歸里後諸作；文則九卷分體裁而編排，乃以會稽三賦別為一卷冠於詩篇之前（前集賦與雜文則合編）。〔註4〕十朋會稽三賦原有集外別行者，清彭元瑞傳是樓書目，清徐乾學知聖道齋書目皆見箸錄，〔註5〕今若陶湘所輯託跋塵叢書本（影宋本，有明嘉定年間史鑄序），湖海樓叢書本，惜陰軒叢書本具淵源於宋本。

今傳世之梅溪集五十四卷本，係全本，詩不分體，文乃分體，編輯方式已如上述。次有清朝雍正六年重刊雁就堂藏版本，係王氏裔孫諸人彙刻而清朝知樂清縣事唐傳鉎重編。再有光緒二年徐炯文重刊大字本，字大如唐編而附錄徐氏所編王忠文公年普一卷，譜雖簡略，尚屬首創，足可寶也。此二重編本，詩文並屬分體編輯，先文後詩，賦則殿後，凡十冊五十卷；其分體頗多瑕疵而可議者。清季重編本雖五十卷然與汪應辰所云五十卷本編次不同，今疑重編五十卷本與五十四卷本內容一致，恐無差別，僅分卷分體之不同耳，則梅溪集自宋迄今並無大異耶！

至若梅溪詩集選本，今存者有四庫兩宋名賢小集之梅谿詩集八卷（不分體）；四庫彙定宋元詩集之王梅溪詩集六卷（按古律絕及七五言分體）；清康熙陳訏所輯之宋十五家詩選王十朋詩一卷（日本文政十年昌平坂學問所刊本，存詩一百四十九首，不分體），是以知曉清之重編本采分體者，其淵源前朝有據也。三種選本卷次及內容互異，蓋選者之觀點有別者也。

〔註4〕同第121頁註2。
〔註5〕叢書集成續編第四冊台北新文豐出版社本。

第三節　梅溪集傳世系統及版本種類

　　總言之，梅溪集全本有詩不分體之五十四卷本，梅溪選集；則有不分體與分體，茲分類臚列略考如後：

　　（一）王梅溪先生文集五十四卷。明季天順六年刻本，版心黑口雙魚尾，線裝十二冊。半頁十一行，行二十一字，字體尚清晰，然時有缺字缺行缺頁。本書有目錄，然後目缺第3頁，內容有廷試策奏議五卷，前集二十卷，後集二十九卷，共五十四卷。書原存清宮昭仁殿，係清室善後委員會自殿中清出。文集前有朱熹序，天順六年周琰識，正統五年黃淮序。第二冊之末附錄有宋龍圖閣學士王公墓誌銘。後集最末一冊有王聞禮作「右先君文集合前後并奏議五十四卷……」之文，然未云是後集跋，又附載何文淵序。是書第九、十兩卷重複，實有五十六卷之內容。本書每冊前後扉葉大略出現有三大印（五、五×六公分）二小印（三×三及三、二×四、五公分）；大印印文分別為「五福五代堂寶」、「八徵老念之寶」、「太上皇帝之寶」，小印係「天祿繼鑑」、「乾隆御覽之寶」。用印可辨出處及收藏過程，至於冊分十二，恐非原式，乃取其方便耳，殆無意義可云，惟王公墓誌銘列屬第二冊是可注意焉。現藏台北故宮博物院圖書館。台北故宮猶有天順六年重刊刻本之殘本八冊，係前述天順六年全本之殘本，內容與全本相同。

　　（二）王梅溪先生文集五十四卷。明刻本，半頁十一行，行二十一字，線裝二十四冊，係全本。此本乃沈仲濤氏贈與故宮者，今據故宮沈氏研易樓善本圖錄記載：「梅溪先生廷試策並奏議五卷文集二十卷後集二十九卷。明正統五年溫州知府劉謙刊本。板匡高二一·三公分，寬十三公分。每半葉十一行，行二十一字，小註夾行一行亦二十一字。四周雙欄，版心黑口，雙魚尾，魚尾間上記策幾、奏幾、前幾、後幾，下載葉數。卷端載宋紹熙間王十朋子宣教郎王聞禮跋，跋後為廷試策並奏議目錄，前、後集亦各有目錄。……猶存宋刻舊式。……」本書當為今日梅溪集之最古本，珍貴無比。本書奏議第四、五卷魚尾

間夾有（其他卷亦偶有之）圈（如「。」）之記號，爲他書所無，今涵芬樓本缺頁之補頁，有此記號，可見淵源之由來。此本雖云四周雙欄，然部分頁次底欄僅有單欄，甚或上下欄皆單欄者亦有，略遺明刻工之痕跡。又本書字體多作正書，而涵本多刻成簡字，尤見宋本之舊。其內容大體與涵本同，惟可校正涵本之處必多。本書值得注意者，於第一冊未即載王聞禮之跋，云跋而移置最前，不似刻本之款式，疑分卷之誤。本書今存台北故宮。

　　（三）王梅溪集先生文集五十四卷。半頁十一行，行二十一字，版雙框黑口，共十冊。本書字體行款幾乎全同於涵本。書之總目云附錄墓誌銘及王聞禮跋尾各一篇，然王氏之跋編次於第五卷奏議之末，亦屬分卷之誤。本書因無序文，無法認定刊本年代，據台北國家圖書館云明正統五年溫州知府劉謙刊本。本書原係管理中英庚子賠款董事會保存之文獻之一，書之卷首有一印，長約四‧一公分，寬約二‧三公分，印文「順德李氏藏書」；方印長一‧九公分，寬一‧七公分，印文作「李印文田」，〔註6〕係清季曾收藏本書之藏書家。本書卷一頁五有句作「惰文帝而謂之攬權也」，涵本「惰」已作「隋」，則此本猶存舊誤字，而涵本據他本校正矣。本刊本既標明爲正統官刊本，應屬關鍵性之刊本，或前承宋刻，或後開明清刊本之沿革，然中央圖書館於本書未作微卷，而將天順六年補跋之本子作成微卷，不知何故？本刊頁邊蟲蛀嚴重，細觀之，係近年所爲，該館宜細心護書，避免善本日趨銷毀。

　　（四）王梅溪先生文集五十四卷附錄一卷。每半頁行款同前本，共二十四冊。所附錄者乃墓誌銘及跋尾也，故總卷數仍爲五十四卷。台北國家圖書館標示係明正統五年劉謙刊，天順六年補刻序跋之本，共五十五卷（實五十四卷），板框長三一‧九公分，寬十三‧五公分。

〔註6〕《販書偶記》卷五頁110載李文田曾撰元史地名考無卷數，有傳鈔本。商務中國人名大辭典頁378載「清、廣東順德人，字仲約號芍農。咸豐進士，官至禮部左侍郎……有宗伯詩文集。」。

今細查本書，有天順間周琰之序，無正統黃淮之序，內容全同前本。本書每冊蓋有二印，印文「吳興劉氏嘉葉堂藏書印」〔註7〕「劉承幹字貞一號翰怡」，蓋劉承幹藏書印。本書奏議四卷均未列於廷試策之後，可知仍屬歹本。前本即第三種（國家圖書館所謂正統五年本）目錄卷十詠史詩黃帝之「黃」缺末筆，涵本不缺，則此本與涵本補刊年代又在前本之後。

明季官刊之風氣極盛，往往搜訪民間家藏善本板以爲官書，皆劇印不佳，〔註8〕本書即承宋本而係明季刊刻本之補刻本。現藏於台北國家圖書館。

（五）王梅溪先生文集五十四卷。內容形款同前本，書共十冊。台北國家圖書館標明係正統五年官刊天順六年修補本，據此則本書以正統官刊本雕板爲底本，益以天順六年序跋，再於天順六年修補重印（或因原板已有損毀，損毀頁次分重雕修補），因此知本書與前本（第四種）淵源相同，修補處或有小異。書序下有一印，印文「東郡紹和彥合珍藏」又廷試策首頁有一印「楊彥合讀書印」，〔註9〕則本書亦屬私家藏本。序文有周琰序有黃淮序，序文中間框心記刻工姓名，載「黃昊刊」、「仇方」、「旻」、「仇方刊」、「永」、「才」……之類，框心有刻工名，乃存宋本之舊，然錯字多，補刊年代尤晚。本書補刊之處字體刻法每與他本不同，而王聞禮跋亦置於奏議卷後，則與故宮沈贈本相同，費解。

（六）王梅溪先生文集五十四卷。本書內容行款同前本。共二十二冊分二函。第一冊序文後有「梅溪先生文集總目」總目最後一條即

〔註7〕《販書偶記》卷八頁201：嘉業堂善本書乃吳興劉承幹所輯之書目，民國18年於上海石印，有石印本。

〔註8〕參見袁恬書隱叢説、陳騤中興館閣錄。即今台北盤庚出版社中國圖書研究第三冊《中國雕版源流考》（孫毓修撰）。又參考陳國慶、劉國鈞版本學頁78，西南書局本。

〔註9〕《販書偶記》卷八頁198：楊紹和曾撰「楹書隅錄五卷續編四卷，光緒二十年海源閣刊，民國壬子（元年）武進董氏補刊。

「聞禮……」，「拔」字以下塗框，「跋」作「拔」，一如前本（第五種天順修補本），故與前本同屬一種。本書墨色差，且印刷模糊漫漶不清。此本所附錄之「王公墓誌銘」置於第三冊即奏議之後，前所費解者，恐係收藏者編次之故，或置跋於此或置墓誌於此，皆無涉原書之編次。本書欠王聞禮跋及後序之資料，有殘缺。國圖藏本，每種皆有殘缺。現藏台北國家圖書館。

　　（七）王梅溪先生文集五十四卷。本書內容行款同前本。他書之序題曰：「梅溪先生文集序」，而本書題云：「梅溪先生王忠文公文集序」，序文缺天順六年之序有正統五年之序。據國家圖書館之題簽為「明正統五年劉謙溫州刊，後代修補本」，內容修補之處頗多。奏議卷末有「王聞禮跋」一篇，板心有刻工之名，然紙質差，部分用粗毛邊紙，書中草筋有礙視線，乃元至明末間之修補本。書現藏台北國家圖書館。

　　（八）王梅溪先生文集五十四卷。版黑口雙框；十二冊，書小於二十五開（長十七公分寬十公分）影印線裝裝訂，每冊字跡特別清晰，然非善本。此書即據上海涵芬樓本影印，首冊標有「梅溪先生文集，四部叢刊集部」、「上海涵芬樓藏明正統間劉謙溫州刊本，原著版心高營造尺七寸寬四寸三分」。本書之字體有不同於今上海商務本，抑商務本縮小涵芬樓本時已多作字體之更正，如「幾」作「幾」之類。內容及行款幾同於商務涵本四合一編印本。本書源自民國二十二年台灣總督府圖書館購藏，後歸屬省立台北圖書館，現藏國家圖書館台灣分館。

　　（九）王梅溪先生文集五十四卷。十四冊。半頁十一行，行二十一字。此書紙質粗厚且多草筋，似明本較差之用紙，本書墨色尚可，第印製不清，內容有不易辨識者，內容有缺頁，前序有周琰、黃淮之作，後序及跋則缺。據台北中央研究院歷史語言所云係明中葉嘉靖以前之刻本，吾人以為此本屬於明朝晚期之殘本。今日存於故宮及國家圖書館所藏之善本全本仍夥，則此本內容價值較遜，惟本書印於元明

之際，版本考證上容有較高價值存焉。書源出於群碧樓所藏，冊頁中有印一枚，印文「雲閒陸耳山珍藏書籍」。現藏南港史語所。

（十）王梅溪先生全集五十四卷。十冊。清抄本，清宋定國手校，近人鄧邦述手書題記。抄本，經近人群碧樓居士鄧邦述〔註10〕收藏鑑賞並留手澤序文。鈔本首頁載「丙寅（民國十五年，西元 1926 年）九月群碧居士之序文。序云：「宋蔚如（案即宋定國，蔚如其號也）在康熙時以賈人嗜書，鈔校俱精審，東湖叢（案叢下疑缺「記」。嘗見此書名）記載其校周益公（案指周必大）集事極詳。余所藏蔚如手校本不下四、五種，其書法雖不工，而無俗氛，蓋其寢饋於書叢者久矣。此集校摹皆用鉛粉精改，其第二冊全冊帙乃補自顧夏珍藏本，係其親摹，其所手補之闕葉每散見於卷中，冊首皆記葉數，可謂矜愼者矣。世治則賈販亦近詩書，而或奪其操奇計贏之智；世衰則士夫雖持鉛槧而不敵其憂生念衰之心，可慨也夫。」此段敘文記載書之由來係販書賈人宋定國所抄校，是時宋氏所見梅溪文集版本應有多種。鈔本首葉首行有三印，即「精鈔校本」、「群碧廎」、「鈔本」。序文末群碧居士署名下另有一印，印文爲「正闇學人」，凡此等印皆鄧邦述所爲，用以自明版本及身分也。其次，抄者記冊名、內容、卷數、頁數、譬如：「一冊。廷試筴（策）奏議。王某（梅）谿集一至五卷，連序目百三頁。」其次，即「梅溪先生文集序」，序文僅天順六年周琰之一篇，序前有二印，其一「群碧樓」，其二「史語所收藏本圖書記」。其次，有「某谿先生文集總目」，含「廷試策併奏議共五卷」、「詩文前集二十卷」、「詩文後集二十九卷」、「附錄龍圖閣學士汪（字誤，應作王）公墓誌銘、聞禮拔尾一通」。總目之下有三小印，分別作「宋定國印」、「蔚如氏」、「校」，皆宋氏自明者也。〔註11〕次頁，書「梅溪先生廷試策卷第一」，有「宋定國印」等，如前頁。其次，有「御試

〔註10〕《販書偶記》卷八頁 199 提及鄧邦述藏書之書目，漢京文化公司本。
〔註11〕宋定國，字賓王，號蔚如，清朝婁縣人。簡傳見中國藏書家考略頁 37，新文豐本。

策」。今分冊略述如左：

1. 第一冊。歸納本書右文所述第一冊即包括：

群碧居士序。周琰序。總目。本冊無「策議」目錄，內容有「策」、「奏一至奏四」共五卷。所抄之行款及起迄一如原底本，言及「梓宮」、「陛下」、「大行皇太后」、「俞允」、「郊祀」、「聖慈」、「祖宗」、「朝典」……等詞，均作挪抬。所抄書法帶有楷、隸二體。寫錯之處用鉛粉精改，如群碧居士所言。

2. 第二冊。封題首頁作：「王梅谿全集詩文前」、「二冊。詩。王某谿集。前一卷至四卷，共 47 頁。」次頁作：「梅溪先生文集第一。教授建昌何㵾校正。詩。畎畝十首。」「卷第一」之下依序有五印：「史語所收藏珍本圖書記」、「群碧樓」、「宋定國印」、「蔚如氏」、「校」。本冊缺前集目錄。本書因係抄本，字跡點畫自然、明白、清爽，或有錯字未使用鉛粉塗改者，則將改正之字，改寫在該字該行之天欄。

3. 第三冊。封題「王梅谿全集。詩文。前。」每冊的封題下有該冊之冊數，冊數作「一」、「二」、「三」……「十」。冊數上蓋有一印，經檢視爲「樸堂」二字。首頁標出「三冊。詩。和韓詠史。王某谿集。前五卷至十卷共七十三頁。」次頁，如前有五印。內容爲卷第五至卷第十。本書雖云精校本，然未必不錯。例如：前集卷第五有一詩「壬申中秋交朋解散……夏生伯虎因小飲，仲月。二子各以詩贈。依韻酬之。」清校本作「小飲仲月」不通，涵本作「小飲甗月」涵本是也，可見精校本仍有誤矣。

4. 第四冊。封題：「王梅溪全集。詩文。前。」首頁：「四冊。賦。銘贊。論策。問策。王梅谿集。前十一至十五卷。共八十頁。」內容從「前集卷十一至卷十五」，次頁仍有五印文。

5. 第五冊。封題「王梅谿全集。詩文。前。」首頁：「五冊。書啓。序。記。青詞。祭文。雜著。行狀。堉（塔）銘。王梅溪集。前十六至二十卷，共 77 頁。」

6. 第六冊。封題「王梅谿全集。詩文。前。」首頁：「第六冊。

賦。詩。某溪後集。1 至 110 頁」。次頁「梅溪先生後集卷第一。賦。
會稽風俗賦并敘。教授建（案漏抄「昌」字）何濤校正。門人周世則
注」。內容「後集卷一至卷第七」；次頁仍有五印。今擇本冊後集卷一
「會稽三賦」校之，得知：清抄本絕大多數依涵本、正統本而來，錯
誤之處幾乎相同，有部分文字抄者照原書抄作古文，然一經發現今文
作「某」，則據改作今文，如「墜」作「地」，「僊」作「仙」之類，
又抄者如發現原書顯然曾誤，如「天門」作「大門」，箭里之「笥」
作「荀」，則順手改正，甚或雖已抄好仍以鉛粉塗去重抄。然大體而
言，原底本之錯謬，抄者均保留，謂之精校之處實在有限。

　　7. 第七冊。封題「王梅谿全集。詩文。後。」首頁：「第七冊。
詩。梅溪後集。八卷至十三。共 90 頁。」次頁：「梅溪先生後集卷第
八。七月三日至鄱陽。」此頁僅有「史語所收藏珍本圖書記」、「群碧
樓」二印。

　　8. 第八冊。封題，以毛筆書：「王梅谿全集。詩文。後。」首頁：
「第八冊。詩。某溪後集。十四至十八卷。共 82 頁。」次頁：「梅溪
先生後集卷第十四。詩。至日寄二弟。」此頁僅有二印如第七冊。

　　9. 第九冊。封題。「王梅谿全集。詩文。後。」首頁：「第九冊。
詩。表狀附笏記疏文。啓。某溪後集十九卷至廿三共 79 頁。」次頁：
「梅溪先生後集卷第十九。詩。乞祠不允三十韻」此頁僅有二印，如
第七、八冊。

　　10. 第十冊。封題「王梅谿全集。詩文。後。」首頁：「第十冊。
小簡。手箚。記。雜文。經筵講義。祝文。墓誌銘。某溪後集。二十
四至二十九。連序（案指聞禮之跋）百二十二頁。」次頁：「梅溪先
生後集卷第二十四。小簡。答呂主簿廷。」此頁僅有二印，即「史語
所收藏珍本圖書記」、「群碧樓」，如七、八、九冊。

　　今再核對宋定國鈔校本封題得知，其內容多同明刻本，所謂精校
係賈人爲之，終非行家，錯謬多有，然筆畫明白仍不失其參校之價值。
現藏南港史語所。

　　（十一）王梅溪先生文集五十四卷。本書現藏台北台灣師範大學，線裝十二冊，分二函。內容係影印上海涵芬樓本，即上海商務初印本，形式大小與國家圖書館台灣分館線裝本完全一致，僅保存完整，印刷精美耳。商務印書館出版四部叢刊集部之際，曾有梅溪集初印本（原書大小），二次印本（四合一縮印本，存中縫版心），三次印本（四合一縮印本，無中縫版心。）凡三次影印殆可能就部分字體頁次修補，第去涵芬樓原本極有限。今研撰論文即取此次善本爲底本（時四庫薈要本尚未普及）。

　　（十二）梅溪集五十四卷。四庫全書文淵閣清鈔本，白口雙框，有上魚尾，半頁八行，行二十一字。本書內容與編次仍循舊本，然因大內編鈔，得參校多本，因之明元舊本模糊闕漏處，此本輒有極出色之詮釋，有參校價值。書現藏於台北故宮，經台灣商務印書館依原式影印，書傳於民間，眾目可見，茲不贅述。

　　（十三）梅溪集五十四卷。四庫全書薈要摛藻堂清鈔本。白口雙框，有上魚尾，半頁八行，行二十一字。本書乾隆四十二年繕完呈上，四庫文淵閣本，四十六年繕畢呈上，兩本相距未遠，顧內容猶有差異。《四庫全書薈要纂修考》以爲薈要繕校講究完善，宜多參考。〔註12〕吾人今檢校二本輒見互有千秋，二本繕寫之謬誤皆多（行文中原書遇國朝、主上、宋、神宗之挪抬方式均已廢除）。薈要纂修考又指出薈要本梅溪集「依浙江巡撫三寶所上明劉謙刊本繕錄」，若此劉謙刊本屬實則佰要之價值猶可提高，設如祇是劉謙刊本之補本翻刻本則與四庫本或類似之本子各有勝場耳。書今藏於台北故宮，然經台灣世界書局影印出刊流傳，內容全在，免予贅述。

　　以上梅溪集，含詩集，詩爲不分體編次者，屬傳世本第一系統。

　　（十四）宋王忠文公全集五十卷。分十冊，白口單框，半頁十一行，行二十一字，框長寬分別爲十八・二公分與十四・四公分。此本

〔註12〕吳哲夫《四庫全書薈要纂修考》頁 47～49。

係雍正六年重刊雁就堂藏板之重編本，爲王氏裔孫，王曾生、王兆經、王源、王燦、王兆基、王之敬、王霖、王之琰彙刻。時，樂清邑令唐傳鉎重編，取前後集攙合移易爲五十卷，編詩則更替編年爲分體，遂先後紊亂至不可識別，﹝註13﹞使宋明以來舊本面目不復遺存。本書原爲台北帝國大學圖書，於昭和八年（民國二十二年）一月十日購藏。本書現藏台灣大學，研撰論文時嘗翻檢而知缺首冊，第二冊首頁載文字「宋王忠文公文集第一卷。知樂清縣事楚南後學唐傳鉎人岸重編，邑後學進士楊森秀清令校」其次一行有「御試策」三字，右下角有一印，印文「龔藹人收藏書畫印」（疑龔自珍）。其全書編次：第一卷御試策，第二至第五卷奏議第六卷表狀（以上第二冊）；第七卷經筵講義，第八卷試策、上舍試策三道，第九至十一卷策問（以上第三冊）；第十二卷序，第十三、十四卷記，第十五卷行狀，第十六卷墓誌銘，第十七卷祝文，第十八卷祭文（以上第四冊）；第十九卷書啓，第二十、二十一卷啓、第二十二卷箚，第二十三卷簡，第二十四卷銘跋（以上第五冊）；第二十五至二十九卷古詩（以上第六冊）；第三十、三十一卷仍爲古詩，第三十二至三十四卷律詩（以上第七冊）；第三十五至三十九仍爲律詩（以上第八冊）；第四十至四十四卷絕句，先五言次七言（以上第九冊）；第四十五至四十七卷仍屬七言絕句，第四十八卷詠史詩，第四十九、五十卷會稽三賦。觀本書之印刷及編次，綜合可得數事；本書台大藏本紙質已朽腐破碎，且蟲蛀嚴重，幾數十年未翻動，雖說文字尙完整，若未得行家整理已不易保存，此其一。印刷缺漏字多，疑底本不佳之故，此其二。編次採先文後詩。文字編排缺乏連貫性；詩之編排依古、律、絕爲次，顧詠史詩獨列一卷，且五言、七言律詩又分裂錯雜。會稽三賦等，以爲詩之流裔，故以殿後，然其分裂二卷又不知何因？一言蔽之，「眞是無體例可言」者也。此書尙有一本收藏於日本京都大學。

﹝註13﹞《溫州經籍志》卷二十，總頁 1232。

　　（十五）宋王忠文公集五十卷。白口單框，半頁十一行，行二十
一字。此本與前本（雍正六年重編本）行款編次相同，乃翔雲徐烔文
光緒二年之重刊本，本書另有光緒五年甌梅雲山重刊本，〔註14〕此
又二度翻刻唐氏重編本，這三本內容應屬一致。今徐本及梅雲山本均
藏於日本東京大學。有可注意者，徐氏曾於其重刊本附錄年譜一卷，
置於王聞禮跋之前，是倡王十朋年譜之權輿。

　　以上王忠文公集，含詩集；詩采分體編排者，屬傳世本第二系統。

　　（十六）梅谿詩集八卷。半頁八行，行二十一字，白口雙框。四
庫全書兩宋名賢小集所蒐。據四庫全書總目云：「舊本題宋陳思編元
陳世隆補」，且以為編詩之人及序跋並偽，所蒐為兩宋詩人凡一百五
十七家。此本存梅溪詩二○三題二八七首，不分體編次。故宮所藏四
庫之兩宋名賢小集源自清朝汪如藻家藏本，而國家圖書館另有舊鈔
本。國家圖書館舊鈔本兩宋名賢小集有二種，一種錄鈔楊文公集（楊
億）至潘音集凡二五七家（含梅溪集八卷），另種續鈔六二家，二種
所錄內容不重複。前種有朱墨批校，所校頗精，惜不多耳。未註明何
人校，亦未說明書出何源。續鈔則註明近人鄧邦述所藏，原為鮑廷博
之藏書，則前種鈔本乃鮑氏所校乎哉？此舊鈔本所含梅溪詩極具參校
之價值。

　　（十七）王十朋詩選一卷。黑口，左右雙框，上下單框，框長十
九‧四公分寬一三‧四公分。此本原題宋十五家詩選，含王十朋詩選
一卷，存詩一三三題一四九首，不分體編次。宋十五家詩選原係清朝
海昌人陳訏（字言揚）所輯，陳氏號自傳賈誼陸贄之學，其書軒師簡
堂以收輯善本聞名，茲編經日本江戶文政十年昌平坂學問所重刊，字
大悅目。所蒐宋十五家，依次為梅堯臣、歐陽修、曾鞏、王安石、蘇
軾、蘇轍、黃山谷、范成大、陸游、楊萬里、王十朋、朱熹、高翥、
方岳、文天祥。其選詩方式，今據梅溪詩集而論，即如兩宋名賢小集

〔註14〕參見東京大學東洋文化研究所漢籍分類目錄，昭和五十六年三月再
　　　刊本。

梅溪詩選選詩方式，乃依梅溪集前集詩十卷後集詩二十卷中按卷擇其中意者，二者重選之詩不多，見二者選詩之觀點大異。茲錄宋十五家詩選之敘及發凡以說明之：

> 敘：詩道之由來久矣，昔敝於舉世皆唐，而今敝於舉世皆宋。舉世皆唐，猶不失辭華聲調堂皇絢爛之觀，至舉世皆宋，而空疏率易不復知規矩繩墨與陶鑄洗伐為何等事。嗟乎！此學宋詩者之過也。蓋宋之與唐，其詩之所以為詩，原來嘗異，特以其清真超逸，如味沆瀣者陋膏粱，遊蓬閬者厭都邑，故足貴耳。今不得其所以至，而徒踵其流失，以文其不學，而便於應酬，宋詩豈任其咎乎？無待者神於詩，有待而未嘗有待者聖於詩，誠齋之論詩為最上一層也。今有人焉，跬步不能越尋常，而曰吾舍舟車而翱翔焉，而游泳焉，其不顛躓沒溺者幾何？昔蘇長公教人作詩曰：『字字覓奇險，節節累枝葉』，又曰：『法度法前軌』。陳後山亦云：『要當攻石堅，勿作搏沙散』即陸放翁詩至萬餘首，疑其無復持擇，而改詩鍊句，每形篇什，夫三數公之於詩，亦子列子、楚靈均之於舟車也。而其言顧如此，今以什伯（疑佰之誤）遠遜古人之才而簡棄析度，鹵莽滅裂，顧欲藉口古人，陷盡淪胥而莫之逭，多見其不知量矣。然則天下未嘗無泠然而善之風與夫桂舟玉車也，而不得其所以駕御而乘之，其害至於顛躓沒溺，此打油釘餃之所以譏爾。今誠如古人所云：『學詩如學仙，時至骨自換』。由舟車之有待以幾於無待焉，則凡也而超乎聖，技也而進乎神矣，不但將宋詩之所以至，而且可以自為至，將唐亦可、宋亦可，即獨闢蠶叢，別開境界，以與唐宋相鼎足，亦烏乎而不可？而奚至承流踵夫如世俗云云哉！今十五家之詩具在，皆宋之聖於詩，神於詩者也，有志之士熟讀而深思之，其以斯編為津梁也夫。時，康熙癸酉上巳海昌陳訏言揚氏書于師簡堂。

案茲編原為作詩之津梁，而將王十朋詩並於大家之列，實王十朋詩之質量皆重者也。又本書之發凡載錄下列一段文字：

宋人詩集世難多覯，若總選一代，不但網羅匪易，即諸大
家詩，亦罣漏必甚，蓋以體為經，以人為緯，則一體之中
多不過每人數十首而止，其餘佳者豈不汰去可惜，且古人
一生精神反因選而晦矣，然近本或每集選錄者，既苦卷帙
繁重，若專選一集者，又覺固陋不廣，茲十五家係宋一代
眉目，悉從全集選定，或多至千篇，少亦不下百餘首，學
者可以各隨所好，沉酣一家，博通眾妙，剖蚌見珠，鑿石
得玉，既無鮮陋之譏，亦不致涉海登山徒嘆浩瀚矣！唐代
詩人，如李杜劉韋元白韓杜（案指杜牧）溫李諸公，向有
專集行世，膾炙既久，總選不妨精約，三者並行不悖。至
宋人全集，歐蘇而外，世即罕覯，茲十五家雖去取頗嚴，
然鴻裁鉅製已無復遺，幾與孤行全集埒，將來擬事宋詩總
選，第搜購不易，藏書家凡有宋人詩集，或借或售，尚望
助予。讀書必須論世故，集中諸公姓氏爵里俱抄撮《宋史》
舊文，其《宋史》不載者間取集前述傳節錄於前，大約與
鑑古堂詩鈔序大同小異，雖行事不能備載，亦可備參考資
尚論也。

昔人論詩，雖歎知心賞音之難，然文章自有定價，非愛憎
所能高下，則古人詩評亦詩家之權度也，故每家詩必載昔
賢一、二評語於前，且附管見以資一得，至於細批圈點概
不增設，使學者熟讀深思，自能融會貫通，深知其妙，則
性靈油然而生，真詩出矣。選詩有分體者，如史家之紀傳；
有分集者，如史家之長編，最下乃有分類，先後倒置，如
蘇長公遊金山寺及焦山二詩，同時所作，明有次第，乃以
焦山詩入山水類，置之前卷，以金山寺詩入寺觀類，反置
後卷，作者語氣神理都失，茲選悉照原集善本，不分體類，
以作者之先後為先後，庶古人學問境遇，約略可溯其原，
本分正集續集及自分體者亦悉依舊刻，不敢穿鑿附會。十
五家詩每去取俱經數次斟酌，間有四五丹黃者，閱歷寒暑
黽勉竣事，至曾南豐、蘇欒城、王梅溪、文文山，暨先菊
澗處士近選絕少，茲悉購全集採錄，表彰散逸，更與日月

爭光，發潛闡幽，尤爲快事。……

案此段發凡敘說選詩之精嚴，深自信之人矣。關於梅溪集者，云采原集不分體編次，此其一。云選詩之前附批評，經檢視除附朱文公評乃原集序者外，另有一評「梅溪晚始登第，一生肆力稽古，詩章蘊藉深厚，集中詩推尊昌黎不置，可知本領所自來矣。」疑陳氏自評之作，此其二。選集采自全集之善本，故有可助益校勘者，此其三。書現藏於日本京都大學。另四庫全書總集類存四種。

以上詩選，採不分體編排者，屬傳世本第三系統。

（十八）王梅溪詩集六卷。白口單框，框長十七・一公分，寬十一・四公分。半頁九行，行十九字，字大悅目清晰。此本題名彙定宋元名公詩集，內含梅溪集六卷，乃明潘是仁（潘訒叔）輯校，爲萬曆乙卯（四十三）年刊本，全書另有補鈔。書有二本，一本藏台北國家圖書館，一本藏日本京都大學。書前有「宋元詩序」一篇李維楨（明隆慶進士）撰；次有「彙定宋元詩集序」焦竑（明萬曆進士），編詩乃集眾人之力，李維楨、焦竑爲其首而已。此本分體編輯；王梅溪詩集第一卷五古，第二卷七古，第三卷五律，第四卷七律，第五卷五絕，第六卷七絕。本書所選之梅溪詩，全據梅溪前集而選，疑選本之底本係梅溪集三十二卷者。今錄所附「宋元詩序」用作探討：

> 宋元詩序。詩自三百篇至于唐，而體無不備矣。宋元人不能別爲體而所用體又止唐人，則其遜于唐也固宜。明興，詩求之唐以前漢魏六朝以後，元和大曆駸駸窺三百篇堂奧，遂厭薄宋元，人不復省覽。頃日，二三大家王元美（王世貞）、李于田、胡元瑞、袁中郎（袁宏道）諸君以爲有一代之才即有一代之詩，何可廢也。稍爲摘取評目，而友人潘訒叔普蒐羅世所不甚傳者百餘家，問序于余，余爲童時受詩治舉子業，其義訓詁，其文俳偶，無關詩道，比長而爲詩亦沿習尚，不以宋元詩寓目。久之，悟其非也，請折衷于孔子。……宋詩有宋風，元詩有元風，采風陳詩而政事學術好尚、習俗升降汙隆具在目前，故行宋元詩者亦孔

子錄十五國風之指也。聞之詩家云：宋人多舛，頗能縱橫，元人多差，醇覺傷局促，然而宋之蒼老，元之秀俊；宋之好創造，元之善模擬，兩者又何可廢也。夫宋元人未嘗不學唐，或合之，或倍之，安知今之學唐亦不若宋元之學唐者哉？安知今之卑宋元者必真能勝宋元者哉？合者可以式，倍者可以鑒，精而擇之，慎而從之，如鑄金者黑濁黃白清，白之氣竭而青氣次焉，鼻氏以為量聲中黃鐘之宮則何？宋元人之不必為唐，雖以進於六朝漢魏三百篇可也。大泌山人李維楨本寧父撰。歙浦洪朝宷書。

案李氏論及宋元詩之價值的是卓見。潘氏原欲編輯宋元詩選集百餘家，然而並未完成，藏書家焦氏可能有續鈔，焦氏之序云：

彙定宋元詩集序。西人利瑪竇之始至，余問以若知孔氏之教乎？曰：不知也。抑知釋與老乎？亦曰：不知也。余曰：若爾嚮學者宜何從？曰：一國自有一國聖人，奚必同！余甚賞其言。維揚顧所建兄還，顧嘗梓漢魏人詩集，謂此編當為詩準，君乃謂一代有一代之詩，奚必漢魏之是而近代之非乎？余喟然嘆曰：有是哉？顧君錯綜之古詩，風雅之情其見及於此，非偶然也，余謂此與利君之言皆千古篤論而知者希矣，何者？在心為志，抒志為詩，情觸境而生，語衝口而得，此豈假于外索哉？自李空同氏（案李夢陽）倡復古之說，後進相為附和，未知身反於是，摹擬剽奪之習興，而抒情達意之趣少。披靡虛委，其風日頹頃，物極而返，君無為宋元諸家吐氣者，豈以人心之靈，千變萬化，必不可執已陳之芻狗而為新，雕宋人之楮葉而亂玉也，見亦卓矣。新安潘君訒叔所收二代諸名家甚多，至是擇而梓之，令學者知詩道取成乎心，寄情於物，會萬萬象，融會一家，譬之桔梗豨苓，時而為帝，何為而不可，不然，堯行禹趍（趨之俗字）而不知心之精神為聖人思，重為西人笑耳，然則發今人頓悟之機，回百年已廢之學，其在斯人也夫，其在斯人也乎。萬曆乙卯秋日秣陵焦竑書。

案焦氏之論以為一代有一代之詩，過於推崇抑或貶斥皆非所宜，亦伸

前序之意也。此序反對復古，頗尚性靈，且編者有袁中道，鍾惺之流，殆可見編詩之取向矣。焦氏序後有一篇「王龜齡先生小引」，疑潘是仁所撰，提及嘗校讎王氏自寬集，則王氏自寬集在今梅溪前集內矣。此六卷存詩二〇八題，二七一首。

以上爲傳世本之第四系統（分體本詩選集系統）

其他書籍附有梅溪之詩者，僅數條，或十數條，亦尋之以備校勘，第不贅述耳，譬如宋元詩會卷三九存王十朋詩十八首，又御選宋詩卷七六有王十朋詩一首，地方志存誌若干之類。至於梅溪尺牘、單行之文集（不含詩集者），今不虞詳述，俟他日再研撰專文闡釋之。

附：梅溪集版本源流系統圖

茲據以上考證資料，試分析王梅溪集版本源流，作系統圖圖示如下：

梅溪文集（含詩集）版本源流系統圖

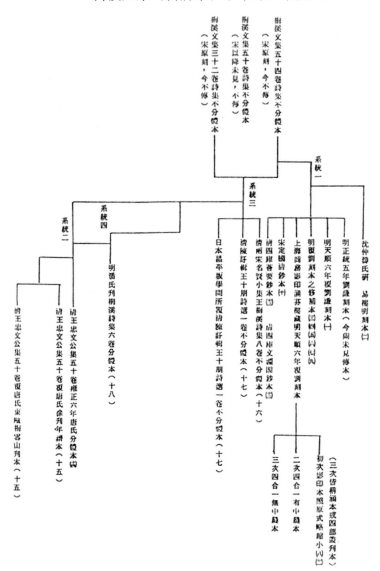

書影一

王梅溪先生文集五十四卷，明刻本
沈仲濤氏贈　故宮沈氏研易樓善本
板框高二一‧三公分，寬十三公分

說明：

梅溪先生廷試策並奏議五卷文集二十卷後集二十九卷

宋王十朋撰，明正統五年溫州知府劉謙刊本。板匡高二十一‧三公分，寬十三公分。每半葉十一行，行二十一字，小註夾行，行亦二十一字。四周雙欄，版心黑口，雙魚尾，魚尾間上記策幾、奏幾、前幾、後幾，下載葉數。卷端載宋紹熙間王十朋子宣教郎王聞禮跋，跋後為廷試策並奏議目錄，前、後集亦各有目錄。首卷大題梅溪先生廷試策卷第一，文集及後集大題後，二、三行低十二格跨行題教授建昌何瓚校正，書文中遇國家、祖宗、宮中、陛下等字怕空二格，猶存宋刻舊式。卷末尾題悉隔數行為之。適園藏書志、群碧樓善本書目，國家圖書館善本書目均有著錄。

此刻乃明正統中溫州太守何文淵得稿本於王氏玄孫王孟明，繼任太守劉謙復得刻本於黃岩蔡氏，遂屬郡學教授何瓚校正，而刻之於郡學。原刻有黃淮前序及何文淵後序，此帙均已佚去。

書影二

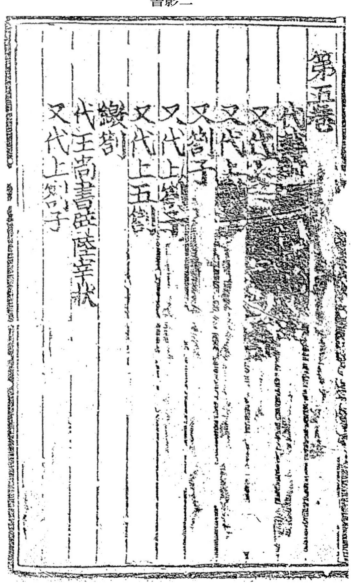

王梅溪先生文集五十四卷
標明為正統官刊本，應屬關鍵性之刊
本書原係管理中英庚子賠款董事會保存之文獻之一

梅溪先生廷試策卷第一

御試策

問蓋聞監于先王成憲其永無愆遵先王之法而過者
未之有也御惟　祖宗以來立經陳紀百度著明細
畢舉皆
列聖相授之模為萬世不刊之典　朕纘承
不圖恪守
洪業九一貺令一施為靡不稽諸　故實
惟　祖宗成法是憲是若然畫一之禁賞刑之具猶昔
也而奸弊未盡單賦斂之制經常之度猶昔也而則用
未盡裁取士之科作成之法猶昔也而人才尚未盛黜
陟之典訓迪之方猶昔也而官師或未勵其咎安在豈
道雖火而不渝法有時而咸弊損益之宜有不可已耶

書影三

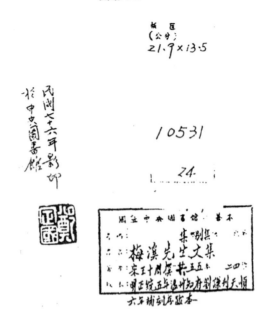

台北國家圖書館標示係明正統五年劉謙刊，
天順六年補刻序跋之本，共五十五卷（實五十四卷），
板框長三一‧九公分，寬十三‧五公分
值得注意：凡云明正統五年溫州知府劉謙刊本皆疑是天順六年之後
版本

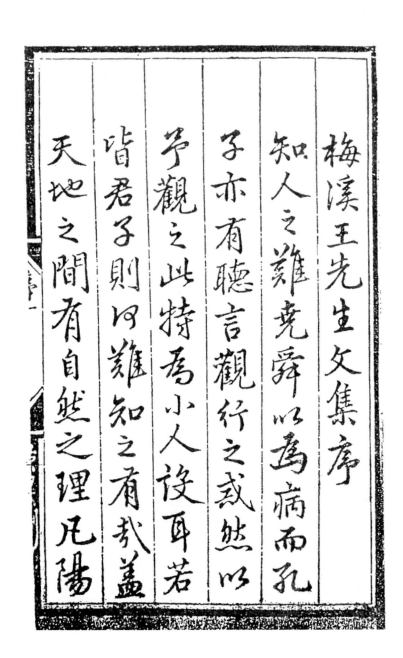

梅溪王先生文集序

知人之難堯舜以為病而孔

子亦有聽言觀行之戒然以

予觀之此特為小人設耳若

皆君子則何難知之有哉蓋

天地之間有自然之理凡陽

書影四

梅溪先生廷試策卷第一
御試策

問蓋聞題于先王成憲其永無斁遵先王之法而過者
未之有也仰惟
祖宗以來立經陳紀百度著明細
畢舉皆列聖相授之模為萬世不刋之典諸
朕續紹
不圖恪守洪業九一號令一施為靡不稽諸
故實
惟
祖宗成法是憲是若然蓋一之禁賞刑之具猶昔
迹而舉成之制經常之度猶昔也而則用
涉之典訓迪之方猶昔也而官師武未勵其咎安在豈
未甚裕取士之科作成之法有時而或斁
道雖久而不渝法有時而或斁損益之宜有不可已邪

梅溪先生文集，四部叢刊集部初印本
據上海涵芬樓本影印
書小於二十五開（長十七公分寬十公分）
民國二十二年台灣總督府圖書館購藏
現藏國家圖書館台灣分館
有一本藏台灣師範大學

四部叢刊集部

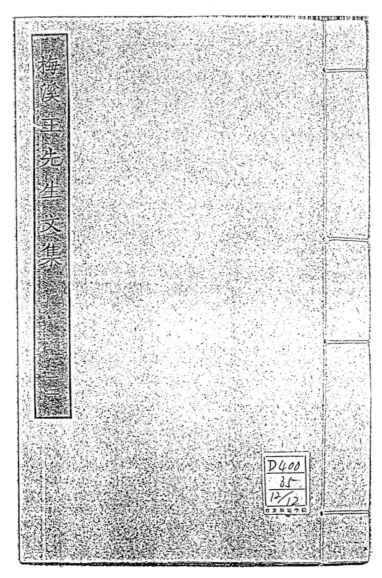

上海商務初印本封面

書影五

宋王忠文公集　卷之四十五

開卷無非見面時

寄題鄱陽一江亭　一江

一江明月夜歸遜瀟洒竺中小范詩亭自我名猶未賞

夢游江靜月明時

再讀楚東集用前韵寄景盧嘉叟

二子聰明曠興■一尊容我與論詩待將後集從前刻

直到鄱陽送別時

寇萊公祠

湘水江頭冠劍凜然如坐廟堂時精忠一點不負國

枯竹州公入不如

齋黄壇

宋王忠文公集五十卷（原大）
雍正六年重刊雁就堂藏板之重編本
清　樂清邑令唐傳鉎重編
本書現藏台灣大學
尚有一本收藏於日本京都大學

江口維舟問地名黯然搖我故鄉情平時尚性黃柑蔗

誰遣遷臨帝城家之酤有黃楮

姑讀于公簟帝孫鄒錄伯

于公治獄多陰德溫靖發前此肉刑番水同僚溫靖後

于公堂記有芬馨

初九日離荊南州藥州船

宿舟經月訴江流又向江陵換蜀舟腸斷一聲雅岸櫓

不堪回首仲宣樓

過虎牙

天遣西來亦大奇眼中渾是少陵詩虎牙銅柱為我好

却勝先生出峽時

書影六

梅溪王忠文公年譜

宋徽宗政和二年壬辰十月十八日公生 公生有異兆 眉濃垂目深

神藏少穎悟強記覽日 誦數千言無他嗜好

徽宗宣和七年乙巳公十四歲讀書鄉塾操筆即有憂 有駕幸溫州詩

世拯民之志

高宗建炎二年戊申公十七歲讀書鄉塾傷懷詩 有感瑚

建炎三年己酉公十八歲讀書邑之金溪招僊館

建炎四年庚戌公十九歲讀書金溪

高宗紹興四年甲寅公二十三歲時尚力學見朝廷艱

虞心懷忠憤每發於詩歌

紹興五年乙卯公二十四歲邑建新學公作縣學落成

宋王忠文公集五十卷（原大）
翔雲徐炯文光緒二年之重刊本附錄年譜一卷
今藏於日本東京大學　台大藏本紙質已朽腐破碎

書影七

宋十五家詩選　　　　　　　　　　　　　　　東方文化學院京都研究所

王十朋　　　　　　　　　　　　　東海　陳訏　輯

王十朋字龜齡號梅溪溫州樂清人少穎悟長有文行家徒
作簽判遷大宗正丞除秘書郎兼建王府小學教授著
人嚴州陞待講起居郎中累遷國子司業除起
饒州移知夔州湖州蕭耐起知泉州陳俊卿由知
詹事以龍圖閣學士致仕除敷文閣待制梅溪集
朱文公云平居無所嗜好如其為八
詩渾厚質直懇惻條暢如其為人
梅溪晚始登第一生事力稽古蓄章蘊積
矣厚集中詩可推尊木頭所啟

宣和乙巳冬大雪次表叔買元實韻

天工昨夜屑瓊華‧三尺淩涵曉更加‧柳不待春先起絮

書現藏於日本京都大學
題宋十五家詩選，含王十朋詩選一卷
日本文政十年昌平坂學問所重刊本
黑口，左右双框，上下單框，
框長十九‧四公分寬一三‧四公分

書影八

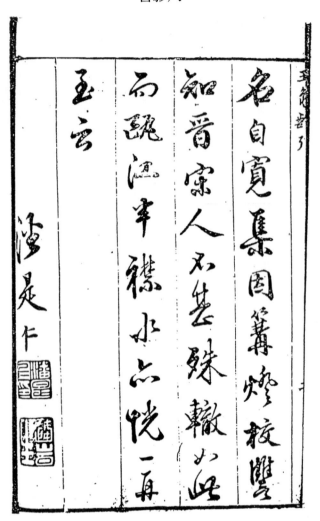

王梅溪詩集六卷。
白口單框，框長十七‧一公分，寬十一‧四公分。
半頁九行，行十九字，題名彙定宋元名公詩集，
內含梅溪集六卷，乃明潘是仁（潘訒叔）輯校書有
二本，一本藏台北國家圖書館，一本藏日本京都大學

王梅溪詩集目錄

第一卷

五言古詩

覡　國朝故事四首

朏猷十首

次韻劉謙仲

瀧瀧岸下水

寄僧覺無象

送凌知監

秋日山林郎事

覺無象和

毛虞卿見過

思友

次韻表叔余叔成

留別太學同舍

書影九

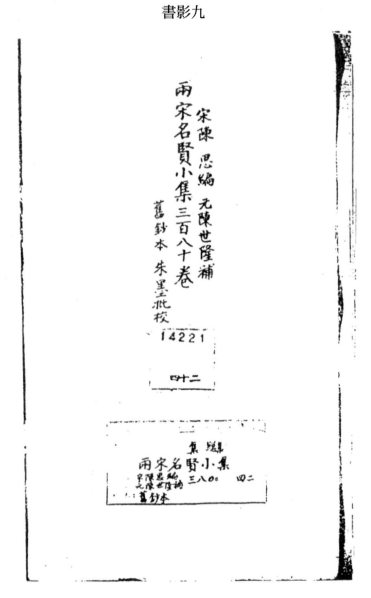

台北國家圖書館舊鈔本兩宋名賢小集梅谿詩集八卷
有朱墨批校，所校頗精

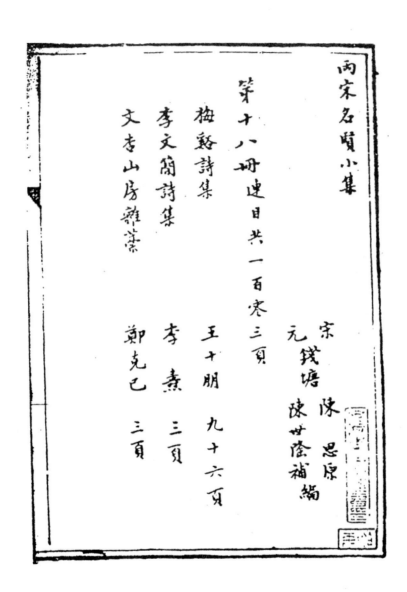

両宋名賢小集

第十八冊連目共一百棗三頁

　　　　　　　宋　陳　思原
　　　　　　　元　錢塘　陳世隆補編

梅谿詩集　　　　王十朋　九十六頁

李文簡詩集　　　李　燾　三頁

文李山房雜藁　　鄭克己　三頁

書影十

陶氏沙園重雕甲子春正月陽湖

會稽三賦原有集外別行者
此本陶湘所輯託跋墨叢書本（影宋本，有明嘉定年間史鑄序）
現藏南港史語所

會稽之山川風物載于圖經地志者

固不少也然人一泛觀則興易盡屑

屑徧讀則神且疲儻非有所去取纂

次成文焉能資於玩繹紹興閒

磨事王公以射策魁多士入官越幕贊

治之暇乃於圖志撮其赫奕之事迹謂志

輿地志之類令賦注所引皆會稽
志一書非先生作賦之前所有者加以舊傳新觀可紀